ワルイコいねが

安東みきえ
Ando Mikie

KODANSHA

ワルイコいねが

装画
佐藤野々子

装丁
岡本歌織（next door design）

1

ボンッ！

大きなばくはつ音がきこえ、白いけむりがもくもくあがった。

校庭にいたみんながいっせいにそちらに顔をむけた。

けむりの中にあらわれたのは、お菓子《かし》。ごっつい機械にとりつけられたカゴの中に、いっしゅんでポン菓子ができあがった。

いっしょにいたヤエちゃんは目をかがやかせた。

「美海《みみ》、はやく行こうよ」

今日は、「昭和のあそびをまなぶ」という行事の日。

校庭に地域《ちいき》の人たちが集まって、けん玉やベイゴマ、おはじきやあやとりなど、昭和のころのあそびを小学生に教えてくれる、おまつりのような楽しい日だ。

六年生のあたしにとって、この行事に参加できるのもこれでさいごになる。

ヤエちゃんはポン菓子が大好きだから、さっそくそのぎょうれつにならぼうという。

でも、あたしは気がすすまなかった。

ポン菓子があまり好きではないのだ。お米のくせにお菓子のふりをしているのが気にくわないし、あまさもハンパでものたりない。見た目も地味でかわいくない。何より小さすぎて食べるのがめんどくさい。はっきりいってきらいだった。

でもヤエちゃんにそうはいえない。だれだって自分の好きなものに文句《もんく》をつけられたらきずつくし、せっかくの楽しい時間もぶちこわしだ。こっちまできらわれてしまうかもしれない。

「あたしはもう少し人がいなくなったころをねらうね」

「わかった。美海、じゃ、またあとでね」

ヤエちゃんはきげんよく手をふり、あたしはポン菓子から離《はな》れて、ひとりで校庭をぶらぶら歩いた。

あき缶《かん》にのって歩く「缶ぽっくり」というのをつくらせてくれたり、かわいいおてだまで遊んだりするコーナーもある。教えてくれている人はお年よりが多い。

竹とんぼをつくっているコーナーで足が止まった。

「羽根の片方《かたほう》はあつく、もう片方はカミソリみたいにうすくけずる」

おじいさんが、せつめいしながら小刀をあやつっている。しゅっしゅっと音をたてて竹はけずられ、あっというまに竹とんぼの羽根になった。

「羽根の穴《あな》に心棒《しんぼう》をさしたら、いっちょあがり」

できあがったものはほしい人から自由に持っていっていいことになっているらしい。わきにある台の上では好きな色がぬれるように、カラーのマジックもよういされていた。

これはほしいかも。

よく飛びそうなうすい羽根の竹とんぼができあがったので、それをもらおうと手をのばした。

すると横からもう一本の手がのびてきて、同じ竹とんぼをつかまえた。

その手をたどって肩《かた》を伝い、細い首の先にくっついている顔に目をやった。

黒くてつやのある目玉がぱちぱちしていた。

少し前、となりのクラスに転校してきた女子、津田《つだ》アキトだ。

背《せ》が高く、顔の小さいモデル体型《たいけい》が目立っていた。転校してきた日にヤエちゃんとこっそりのぞきに行き、名まえもすでに確認《かくにん》ずみだ。

あたしは竹とんぼからあわてて手を離した。

むこうも手をひっこめたので、竹とんぼが地面に落っこちた。

津田アキトはそれをひろい、砂《すな》を手ではらうとこちらにむかってつき出した。

あたしがあわてて「いいよ、どうぞ」というと、あっさり「わかった」と竹とんぼをつかんで、さっさと色ぬりの台にうつってしまった。

入れかわるように、小太郎《こたろう》がやって来た。

小太郎とは保育園《ほいくえん》から五年生になるまで同じクラスだった。六年生になった今年は別のクラスになったけれど、おさななじみとして今でも仲はいい。

小太郎は、ぬりおえた自分の竹とんぼを見せてきた。

「なあ、美海、この色のセンスってどうよ？」

ショッキングピンクと緑に金。超絶《ちょうぜつ》げひんな組み合わせだ。

でもあたしは「いいじゃん。にぎやかで」と、ほめておく。

「だろ？　色のバランスがけっこうむずかしかったけどな」

そんな色をえらぶからだ、といいたいけれどいわない。

「おまつりっぽくてかわいいよ」

「だよな。まつりのイメージを表現《ひょうげん》してみたんだ。この色たちで」

かっこよさげなことをいい、手の中でゆっくりと竹とんぼをまわしてみせる。

くるり、と色がまざった。ロリポップキャンディーみたいに。

なんと。意外にかわいいではないか！

やっぱり自分のセンスはアテにならない。こうなるから、うっかり自分のかんがえをいわないのがせいかいなのだ。

台の横では、ぬりたての色をかわかそうと、ふうふうと息をふきかけている津田アキトがいて、とがらせた口もとが小鳥っぽい、と見ていたら小太郎につつかれた。

「よく見てろよ」

小太郎は竹とんぼをぴゅんと飛ばした。

カラフルな色が空にまいあがった。

竹とんぼは、天から糸でつりあげられるみたいに、すうーっと高くのぼっていく。

小太郎はキャッチしようと、上をむいて走り出した。

津田アキトもつづけて空色の竹とんぼを飛ばし、追いかけて走った。

おじいさんも手を止めて空を見あげる。

「なー、こんな昔の遊びもおもしろいだろ？　ゲームなんかで遊ぶより」

だれにともなくいう。

「ゲームなんてどうせウソの世界だからなあ」

もどった小太郎が、ひろいあげた竹とんぼを見せびらかしたので、あとから来た一年生男子が「おじさん、ぼくにもつくって」と横からさわぎたてた。

こらこら、つぎはあたしの番なのだよ。その子にアピールするように、あたしはからだをちょっと前につき出した。

おじいさんのたらこみたいな指がすっすっときれいに竹をけずっていくのを、わくわくしてながめていた。

竹とんぼを持ちあげたおじいさんは、ふいっと息でけずりかすをとばすと、いっちょあがり、とさし出した。

でも、相手はあたしではなく、一年生男子だった。

「ほいよ。男の子はげんきがいちばん」

ぎょうれつはつくっていなくても、順番はわかっているとおもっていたのに。

一年生はこまった顔でこちらに目をやったあと、竹とんぼを手に校庭を逃げるようにかけていった。

小太郎があたしを見て、あごをくいくいと動かす。おじいさんに文句をいえということらしい。

あたしは首を横にふった。正面に立っていればつぎこそはもらえるはずだから。

おじいさんは何もなかったように顔をあげ、小太郎に話しかけた。

「おまえはゲームなんかがやっぱり好きなんだろ。どんなゲームをやってるんだ？」

「シューティングゲームです」

「なんだ、それは？　戦争のゲームか？」

おじいさんは、けずりおわった羽根をあたしにひょいとさし出した。

「ほんとうの戦争は、ゲームなんかとはちがうぞ」

でも、怒《おこ》っているせいか、心棒をつけるのを完全にわすれていた。

「わしらみたいにほんとうの戦争に一度でも行ってみたらわかるんだ」

あたしはだまって羽根だけの竹とんぼをうけとった。そして、その場をとぼとぼ離れた。

小太郎が「おい、美海」とあたしを追ってきた。

「それ、心棒、ないぞ」

「わかってる」

「もどって、ちゃんとつけてもらえよ」

と肩をつかまれそうになったので、さっとよけた。

人にさわられるのがにがてなのだ。腕《うで》をからめてくるような女子からは、気づかれないよう距離《きょり》を保《たも》っているくらいに。

小太郎はすぐに手をひっこめた。

「あのじいさんな、とうちゃんの知りあいで、戦争はだめだってよくいってるらしい。こわさをもっと子どもに教えなくちゃだめだって」

「そうか。戦ってつらい目にあった人なんだ」

だったらしょうがないや。

うしろからだれかの声がきこえてきた。

「百歳《さい》くらいですか？」

ふたりでふりかえった。

転校生の津田アキトだ。おじいさんの正面に、まっすぐ立っている。

「戦争に行ったのなら、百歳くらいになりますか？」

おじいさんは、めんくらった顔だ。

あたしは竹とんぼの羽根で手のひらをぺしんとたたいた。

「そうか。戦場に行ったとしたら、そのくらいの年になる？」

小太郎と顔を見あわせた。

「それはないよな」

「ないね」

津田アキトはさらにいう。

「戦争はいけないと正しいことをいってるのに、それまでウソにおもえてきます。子どもだからわからないとおもうのはやめてくれませんか」

おじいさんは何も答えられない。

あたしがびっくりしていると、小太郎は、うーん、と首をかしげた。

「ふつうあそこまでいわないよな。津田って……ちょっと変わってるやつみたいなんだ」

「小太郎、同じクラスだっけ」

「ああ、なんかいろいろあるんだよ」

「いろいろ？」

津田アキトの声がひびく。

「それに、まってる人の順番は守ってほしいです。ちゃんと平等にしてください」

おどろいたことに、あたしが順番をぬかされたところまで見ていたようだ。

何ごとかと、まわりに人の輪ができはじめた。

小太郎がつぶやく。

「……あいつ、ちょっとやばいやつかも」

「やばいって、それはいいすぎでしょ」

「いいすぎはあっちだろ。じいさん、かわいそうだろ」

たしかに、おじいさんは気《き》の毒《どく》なほどオロオロしている。

「だけど、ウソをついたのはおじいさんのほうだったよ」

あの子は自分の味方をしてくれている。

「津田さんは正しいことをいっただけで、悪くないよ」

「美海は知らないんだよ」

「なにを？」

小太郎は何かいいたそうにあごをなでた。

声をききつけた先生たちがばたばたとやって来た。

「津田、なにをいっている」

津田アキトは、おじいさんにあやまるようにせまられた。

おじいさんがウソをついたのも、順番を守ってくれなかったのもほんとうのことだ。

「津田、早くあやまりなさい！」

それでもやっぱり、お年よりにあんなことをいってはいけないのだろう。

あの子のほうが悪いのかもしれない。

よくわからないけれど。

わかっているのはただひとつ。今から津田アキトは先生にしかられるってこと。

いやだろうな。

でも、しかられるところやあやまるところを、みんなに見られるのはもっといやだろうな。

「ちがうとこ、行こ」

小太郎をうながしてその場を離れた。

2

「もし自分が鬼《おに》のようなあだ名でよばれたらどうおもうか、少しかんがえてみよう」

と、学年集会で先生がいった。

あたしは、横で体育ずわりをしているヤエちゃんと顔を見あわせた。

だれのことか、すぐにわかった。

津田《つだ》アキトは秋田からの転校生だ。秋田といえばなまはげだとだれかがいい出したから、そのあだ名がついてしまったらしい。

となりのクラスの子が発言した。

「鬼みたいにいわれたらいやだとおもいます」

「なまはげみたいにハゲてないので、あってないとおもいます」

そんな中、「はいっ！」とまっすぐな手がのびた。

津田アキトだ。

なまはげとよばれている本人が、すっくと立ち上がった。

「あだ名はいやじゃないです。でも、なまはげとよばれるのはいやです」

ヤエちゃんがつぶやく。

「……声、でか」

あっけにとられる中、津田アキトは堂々とつづける。

「なまはげは鬼ではなくて神さまです。神さまからのバチがあたりそうなので、そんなあだ名でよぶのはやめてほしいとおもいます」

「はい。津田さん、自分のきもちをみんなに伝えてくれて、ありがとう」

先生がもうすわるようにうながすのに、津田アキトはひときわ大きな声をあげた。

「それと、なまはげはハゲていません！」

ヤエちゃんが顔をよせてきた。

「ハゲっていった？　今、笑うとこ？」

「さあ」

頭髪《とうはつ》のようすを笑うものではないと、いつか先生がいっていた。

「みんなもわかったな。相手がいやがるようなおかしなあだ名をつけるのはやめるように」

おかしなあだ名の子はけっこう多い。学級委員長の根岸《ねぎし》さんはその苗字《みょうじ》からネッシーと怪獣《かいじゅう》みたいによばれているし、となりのクラスの古田《ふるた》くんなんてなぜか吉田《よしだ》うどんで、もう古田でさえなくなっている。本人たちはいやとおもっているのだろうか。いやなのにいやといえずにいるのだろうか。

それにくらべるとあたしはみみと名まえどおりだからややこしくない。

美しい海と書く。海のない山梨県で生まれたのになぜ海なのかと親にきいたら、「山があっても山なし県、海がなくてもカイの国とよぶがごとし！」とわけのわからないことをいわれた。

海のように広く美しい心を持てということらしいけれど、パパとママとの出会いが海だったというベタなうわさもある。

なかには「みみっち」とかわいらしくよんでくれた人がいて、それがいつか広い心とは真逆《まぎゃく》の「みみっちい」に変わらないかと心配になったりもする。

先生がみんなを見わたした。

「今、津田さんがせつめいしてくれたように、なまはげは鬼とはちがう。鬼のようなすがたをしている神さまだ。ただ悪い子には鬼のようにきびしく鬼のようにおそろしい神さまだ。いや、ほとんど鬼だ」

「鬼？　神？　どっち？」

ヤエちゃんが首をかしげるので、

「鬼よりの神さま？」

と、あたしも首をかしげた。

疑問《ぎもん》には疑問であやふやに答えるようにしている。はっきり断言して、えらそうといわれたくない。そのへんを細かく計るのが、自分でもみみっちいとはおもう。

ヤエちゃんがいう。

「つまりなまはげって、鬼みたいにこわい神さまってことだね」

「だね」

「鬼デン、思い出しちゃうよ」

「うん。こわいよね」

小さいころ、親からスマホで鬼デンとよばれる声をきかされた子は多い。悪いことをすると鬼が来るよ、とおどされて。

あれはたしかになまはげの声に似《に》ている。

でも、ホンモノとはちがう。秋田のおばちゃんの家でなまはげに出会っているあたしは知っている。

「ワルイコはいねが」とさがしまわるなまはげのこわさはハンパじゃない。

親についたウソまでなぜか知られていて、あたしはつかまってしまった。なまはげにかかえあげられ、山につれていくとおどされたのだ。

その時には「ワルイコにはなりません」と泣いてゆるしてもらえたけれど、もしもそのままつれていかれたらどんなひどい目にあったことか。

ここは山梨で、なまはげのいる秋田の男鹿半島《おがはんとう》ははるかに遠い。

でも、連なっている山なみを見ていると、北のほうから山のてっぺんをひょいひょいと伝い、なまはげたちが跳んできそうな気がしてくる。

だからあたしは、どうしたってワルイコにはなりたくないのだ。

3

翌日《よくじつ》のこと。

コンビニに行くとちゅうのお寺で、人が集まっているところに出くわした。

このお寺ではおそうしき以外でも、黒い服の人たちを見かけることがあり、なくなっている人をしのぶ法事という集まりもあるのを知っていた。

泣いているような人はだれもいない。にぎやかなおしゃべりもきこえるくらいだから、おそうしきではなく、法事ということだろう。

それでもカラスの群れのようにまっ黒な集団《しゅうだん》のそばを通るのはやっぱり気がふさぐ。死者ののろいのようなものがまちがってとりついたりしませんようにと、心の中でひそかにとなえたくなる。だからヤエちゃんから教わった通りに、親指を中にして手をにぎった。不吉《ふきつ》なものに出くわしたときにする魔《ま》よけだ。親をなくさないためのおまじないらしい。

こんな時、あたしはいつもばあばのことをかんがえる。パパとママよりも年をとっている分だけ不安になるのだ。ばあばがつれていかれませんようにと、手をかたくにぎってしまう。

両手をげんこつにして、お寺の前を通りすぎようとしていた時のこと、道の反対がわに立っている人に目がいった。

パーカーのフードをかぶり、電柱のうしろにかくれるようにして、お寺をじっと見つめている。

あの転校生の津田《つだ》アキトだ。

道をへだてたこちらまでは見えていないらしい。もっとも見えていたとしても、あたしの顔なんかおぼえているはずもないけれど。

しんせきの集まりで来たのだろうか。いや、それならば同じように黒い服を着るだろうし、かくれてながめる必要はない。

めずらしいのか？

おそうしきや法事といった風習が、前に住んでいた町とはちがっていて、何かよほどきょうみをひかれるところでもあるのだろうか。

不審者のように目深にフードをかぶったすがたと、電柱にかくれているつもりでかくれきれていないあやしさがかえって目立ち、ちらちらとふり返る人たちがいるのにも気づいていないようすだ。周囲《しゅうい》にはまるで注意をはらっていない真剣《しんけん》さがふしぎだった。

そんなにいったい何に夢中になっているのだろう。わけを知りたかったけれど声をかけるなんてとてもできない。

あたしは下をむき、親指をかくしてこぶしをぎゅっとにぎりしめたまま、そそくさとその場を離《はな》れた。


火曜日に、いつもの書道教室へでかけた。

火曜と土曜の週に二回、公民館でひらいている教室に通っている。

書道を教えてくれるのは八木《やぎ》先生という仙人《せんにん》みたいな人で、小太郎《こたろう》のおじいさんだ。

去年までは小太郎もいっしょに習っていたけれど、サッカー教室に通うからとやめてしまい、それから同学年がひとりもいないままだ。同学年どころか、小学生は一年生の女子がふたりいるだけのほぼおとなの教室だ。

友だちがいないのはつまらないけれど、八木先生はとてもやさしくて、どんなにヘタな字でも良いところをさがし出してくれるのがうれしい。ほとんど決めごともないゆるい教室なのもいごこちがいい。おまけに展覧会《てんらんかい》でちょっとした賞《しょう》をもらったことさえある。だからひとりになってもあたしはせっせと通っていた。

教室にはいつも早い時間に行く。

そして窓《まど》のそばの席をとる。そこで先生が来るまでのあいだに道具をならべたり、墨《すみ》のよういをする。ざわざわしたきもちのときも墨のにおいをかぐと心がしんとしずまる気がして好きな時間なのだ。

今日も一番のりでとびこんで、いつもの席にじんどった。

窓がわの席からは山が見える。この町は盆地《ぼんち》だからぐるりを山にかこまれ、どこにも切れ目が見つからない。

近い愛宕山《あたごやま》は紅葉《こうよう》で、緑の中に赤と黄色がくっきり見える。遠くの南アルプス山脈はぼんやりしたうすい青だ。

近い山ほど緑色で、遠くなるほど青に近づくのはなぜだろう。空気にも色があるのかな。それはやっぱり青色で少しずつ重なって緑をかくしてしまうのかな。

ほおづえをつき、ぼんやりながめていた時のことだ。

となりにだれかが来てドスンとすわった。

いっしゅん、ざわりと空気が動いた。

すわった人を見ておどろいた。

またしてもあの転校生、津田アキトだった。

相手もこちらに気がつくと二度見したあとで、あ、と声をあげた。

「同じ学校の人がいた！」

あからさまにこちらを指さすので、あたしは笑ってうなずいた。こまった時にはとりあえず笑っておくのだ。

すると津田アキトは勝手に話しはじめた。

転校前にも習っていたからこちらでも書道をつづけたいとおもっていること、地元になれるためにも通ったほうがいいと親にもいわれたこと、けれど子どもだけを教える教室がなかったこと、などなど。

こちらがきいているかどうかには関心がないような、マイペースな話しぶり。

「この町って、子どもが少ない？」

いきなり質問《しつもん》された。

「あ、どうかな」

「ここもやっぱりショーシコウレイカ？　つまりは発展がのぞめない地域《ちいき》？」

ショーシコウレイカとか、発展がのぞめない地域、なんてことばを授業《じゅぎょう》以外で口にする小学生ははじめてだった。

「むずかしいことばを知ってるんだね」

「ニュースなんかでよくいってる。そうむずかしいことばでもない」

ちょっとムッときたので、あたしは話を変えた。

「そうだ、このあいだお寺の近くにいたでしょ。見かけたよ」

「あ、そう」

それだけ。

あたしはコンビニに行くとちゅうでね……と話をつづけるつもりだったのに、まったくきく気はなさそう。

津田アキトは知らん顔で道具を机《つくえ》に広げて準備《じゅんび》をはじめた。

心がかるくおれた。

同じ書道教室で、これからどうつきあっていけばいいのか。

準備しながら、津田アキトは小筆を下にころりと落とした。

こっちの足もとだったのでひろいあげ、手わたしてやった。

同じようなことがあったっけ。

あのときは竹とんぼだったけれど。

小筆をうけとると、津田アキトはいった。

「となりのクラスの山之内《やまのうち》さん、山之内美海《みみ》、だよね」

「え？　あたしの名まえ、知ってるの？」

「竹とんぼをゆずってくれたとき、やさしい人だとおもったからクラスの子に教えてもらった」

へこんでいたのもわすれ、一気にうれしくなった。

「ほんとに？」

「わたし、だれの名まえでも一度きいたらおぼえるんで」

え？　じまん？

「一度でおぼえられるなんて、すごいね」

ひにくでいったつもりだったのに、

「すごくはない。これくらいの頭をもってる人間はわりといる」

しれっと返されてめんくらった。

「あの日に山之内美海が着ていた服もおぼえてる。ベージュ色のフリルのついたジャケットに黒のパンツだった」

「ウソ！」

「わたしはウソはつかないんで」

「服なんて、よくおぼえていられるね」

「じみな色だけどフリルがハデで、うちの母親みたいなしゅみだとおもったから印象《いんしょう》にのこった。わすれたくてもわすれられなくて逆《ぎゃく》にこまる」

ほめられていないことはわかった。それでもあまりに正直な感想に、腹《はら》が立つこともわすれてききいった。

「ビジュアルにかんしては映像《えいぞう》が頭にのこっておぼえやすいけど、どうしてもにがてな分野もある。たとえば道とかまったくおぼえられない。すぐにまよう。そこはめちゃくちゃポンコツ。脳《のう》ってナゾだ」

そういわれてすとんと納得《なっとく》した。

きっとじまんのつもりはなく、この人はただ自分のかんがえをそのまま正直に口にしているのだろう。めったに見ないほどのいさぎよさで。

津田アキトはつづける。

「あの日、竹とんぼをゆずってくれた山之内美海とは友だちになりたいとおもった。だから同じクラスでないのがざんねんだった。けど、ここで会えて良かった」

まっすぐなことばにどぎまぎした。

「あ、あたしも、良かったな」

「山之内美海のこと、みんなは美海ってよんでるみたいだから、わたしもそうよぶ。美海、よろしく」

「こ、こっちこそ、よろしく。津田さん」

津田アキトは目を見ひらいた。

「今、津田さんっていった？　わたしの苗字《みょうじ》をなぜ知ってる？」

「あ、転校生はけっこう、目立ったりするから」

「目立つ？　ああ、学年集会か？」

「そう？　だったかな」

「たしかに、なまはげってよばれるのにはほんとうにこまった。でも津田さんってよばれるのもフレンドリーじゃない気がする」

「ああ……そうだね」

「わたしの名まえはアキト。男子とまちがえられることもあるが、そこもふくめて気に入っている。だからアキトとよんでほしい」

照れもせずに堂々《どうどう》という。

「わかった」

いやわからないぞ。さっきからそっちの距離感《きょりかん》にぜんぜんついていけないのだ。

「じゃ、今、よんでほしい」

津田アキトはそういって、人さし指で自分の口もとをさす。

「リピート、アフタ、ミー、ア、キ、ト」

「え？　えーと、ア、キ、ト？」

気まずさに顔がほてる。ワンスモアなんていわれたら顔から発火だ。さらにはずかしくなる前に、何かいわなくては。

「あ、アキトっていう名まえ、あたしもすごくいいとおもう。ほら、あの、仮面《かめん》ライダーみたいで」

苦しまぎれの仮面ライダーだったのに、おどろいたことにすぐに応じてくれた。

「仮面ライダーアギト？『めざめろ、そのたましい！』ってやつ？」

「そう、それ！知ってくれた？」

「知ってる。記憶力《きおくりょく》がいいせいで」

あたしは戦隊ヒーローものが好きで、特に仮面ライダーに夢中《むちゅう》な時代があった。なつかしさについ前のめりになった。

「あたしね、歴代《れきだい》の仮面ライダーの名まえ、けっこういえるよ」

指をおって数えあげた。

「ブラック、クウガ、アギト、カブト、ウィザード……」

中でもジオウはあたしの親友だった。

「おれは仮面ライダーの王となる！」

とくいのセリフで、かるくポーズをきめてみせた。同じジオウ世代だと気がゆるんでいた。

津田アキトはひんやりした目でだまって見ていた。

あたしはもぞもぞとわきの下をかいてごまかし、いいわけをした。

「もう今はもちろん、きょうみはないけど」

すると津田アキトはいった。

「じゃ、超神《ちょうじん》ネイガーって知ってるか？」

え？　と顔をあげた。

「だから超神ネイガー」

「……ごめん、知らないわ」

「ご当地ヒーロー。『見だがおめだぢー』って、魚のハタハタ型《がた》の銃《じゅう》やキリタンソードで敵《てき》をやっつける。アキタ・ケンが変身した、わらしこたちを守るヒーロー」

「ご当地ヒーロー？」

「そう」

「秋田県の？」

「そう」

自信まんまんに津田アキトがうなずくのを見たとき、ひらめくものがあった。その名まえについて、とつぜん気づいたのだ。

「アキトってどう書くのかわかっちゃったかもしれない」

あたしはいきおいのまま、練習用の半紙を広げた。書道が好きだから漢字にも少しは自信があった。

「見てて」

半紙に、「秋人」と小筆で書いてみせた。

「秋田の人で秋人。秋田の人ってすごいんでしょ。じまんできることいっぱいあるんでしょ。小学生の学力とか体力とか全国でもトップに近いし、女の人は全員が秋田美人だし」

秋田にいるおばちゃんのうけうりだ。

「だから秋田の人へのそんけいをこめて、秋人って名まえになった。ちがう？」

けれど津田アキトはきっぱりいった。

「ちがう」

「おしい？」

「まったく」

こんどは津田アキトが小筆をとり、自分の半紙に字を書いた。

半紙には、亜希人《あきと》という漢字がならんだ。

「この亜に……」

「亜」の字の下に「心」という字をつけ足した。

悪、ワルという漢字になった。

「亜希人の希の字はのぞむっていみ。つまり、心をつけ足すと、悪をのぞむ人ってなる。つまり悪人になる」

「えっ？」

「心を持ったら悪い人になる。正義《せいぎ》のヒーローどころか、わたしはワルになってしまう」

「心を持ったら、ワルになる？……」

あたしは手をたたいた。

「なんか、すごい。かっこいい！」

津田アキトの色白の顔が、ぱっとピンクになった。

「そんたごどねぇ。えぇがっこしすぎだぁ」

「やだ、秋田弁《あきたべん》だ、しかも本格的《ほんかくてき》だ」

おもわずいってからあわてた。

「あ、ごめん、ばかにしたんじゃないよ。ついなつかしくなっちゃって」

「なつかしい？」

「しんせきが秋田にいるの」

津田アキトは手をうった。

「あぃやー、たまげだー」

「だから夏休みとかお正月とか、秋田の家によく行ったし」

「どご？　秋田のどごだ？」

「男鹿《おが》。寒風山《かんぷうざん》、知ってるし、ゴジラ岩だって見たよ」

「男鹿かー。じっちゃが生まれたとこだぁ。なまはげのふるさとだぁ」

「なまはげ、知ってるよ。ナマなまはげに会ってるよ」

「ナマなまはげか。うおーっとかいったべ。おっかながったべ」

「うんうん。おっかなかった」

「泣いたべ？　なみだっこ、出たべ？」

「そりゃ大泣きだよ」

「んだなー」

「んだんだ」

もりあがっていたら、いつのまにか来ていた八木先生ににらまれた。

お手本の字は「永遠の友」だった。

今日は上手に書ける気がした。

はりきって筆をにぎり、大きく半紙の上で動かした。

しかしいざ書いてみると、おもうようにはいかない。

トメはうまく止められず、ハネは大きくはねすぎて、ちっともバランスがとれなかった。

となりの字をのぞいた。

津田アキトの書いた字は、おどろくほどきれいでのびやかで、いかにも永遠の友という感じがした。

4

教室が終わったあとは、いつものみものを買う。のみもので、ひと息ついてから家に帰るのだ。

ロビーのすみにある自販機《じはんき》であたしがまよっているあいだ、津田《つだ》アキトはさっさとペットボトルを手に離《はな》れていく。

家の人がむかえに来るまでまつのだという。そして、棚《たな》の前で足を止めた。地域《ちいき》のお知らせや、サークルのちらしなんかが置いてあるコーナーだ。

あたしは自販機の前で、コーンポタージュのボタンをおした。

ガコンと音をたてて缶《かん》が落ちてくる。熱いのでスエットのそででくるんで運び、ロビーのいすにむかった。いすには何人かの子どもたちもすわっていて、ゲームに夢中になっていた。

すわってから、津田アキトのうしろすがたをしみじみながめた。

津田アキトは、かなり出っぱった後頭部を持っているようだ。顔の幅《はば》は細いから、ちょうどふうせんを両手ではさんでうしろにとび出させた感じ。あのでっぱりぐあいでは真上をむいたら傾《かたむ》いてしまわないかな。自転車のヘルメットは特注になるかもしれない。

ぼんやりとかんがえていたら、ひとりで笑い出したくなった。知らなかった人を知るって、こんなどうでもいいところからはじまるのだろうか。

津田アキトはならべてある冊子《さっし》を手にとり、熱心なようすでながめ、ペンでチェックまで入れている。そのあと、カバンにつめこんだ。

ポタージュがぬるくなりはじめたころ、やっとこちらにやってきて、となりにすわった。

「ここ、きれいな建物だな」

プシュッと音をたててペットボトルをあける。

「うん、きれいでしょ。建てかえたばっかだから。てか、カバンに入れてたのってなに？」

津田アキトはソーダをふきそうになった。炭酸《たんさん》が鼻に入ったのか、なみだ目だ。

「見えた？」

「ぜんぜん見えてたけど」

「見えるはんいが広そうだもんな、美海《みみ》の目って」

「目が離れてるっていいたい？」

「うん。視野《しや》が広いと敵《てき》を見つけやすいから生存率《せいぞんりつ》が高い。いきものとしてすぐれているると、わたしはほめている」

「ほめられた気がしない……てか、なにを見てたの？」

カバンをのぞきこんだ。

津田アキトは、うすい冊子をとり出した。

「これ、もらっていいやつかな？」

白黒でいんさつされた町内のお知らせだ。

「うん。だれでも自由にとっていいらしいよ。なんかおもしろいとこ、あった？」

「町のこと知りたくて。そうだ美海、この町のことをこんど教えてほしい」

いいながら、冊子をパーカーのポケットにねじこんだ。

「いいよ。なんでもきいてよ」

あたしは胸《むね》をたたいてうけあった。

ありがとう、と津田アキトはソーダをいきおいよくのんでむせた。

「炭酸、もしかしてにがてなの？」

「ばれた？　でものめるようにする。にがてなものはこくふくしたい」

「そうか。じゃ、パクチーは？」

「むり。あんなプラスチック味のやさいだけは、むり」

「あたしは好きだよ。パクチー大盛《おおも》りラーメンなんてさいこうだもん」

好きなものときらいなもの、みんな別であたり前だ。

あたしはポタージュをごくりとのんだ。

小太郎《こたろう》が教室をやめてしまってから、ここでこんなふうにだれかとおしゃべりすることはなかった。

やっとまた友だちができたとおもうとうれしかった。

友だちは、気が合うならば男子でも女子でもいい。そう話した女子に、顔をしかめられたことがある。男子と気が合うなんて、さばさば系のじまんみたいだからあんまりいわないほうがいいよ、と。

以来、おもったことをなんでも口にするのはやめていた。

のみほしたポタージュの缶をふった。

それからみれんがましく、缶の穴《あな》をのぞいた。コーンの一粒《ひとつぶ》がのみくちのすぐそばに残っている。落としたくて缶をさかさにして底をこんこんとたたいた。

これはケチくさいとおもわれるだろうか。ばかにされるだろうかと気になった。今まで知らなかった人を知る時はいちいち気をもむ。

「美海、もうぜんぶのんだ？」

「あ、うん」

やばい。みみっちいところを見られてしまった。

「それ、すてておく」

カラになったあたしの缶を指さし、持ってきたらしいビニールぶくろを広げてみせる。

そしてかべのポスターを指さした。

ゴミは持ち帰りましょう、というポスターがはってあった。

そうか。

ゴミはすてない、缶もペットボトルも持ち帰る。自分をワルになるといった津田アキトは、そこは正しくしたい人なのだ。

あたしはふくろの中にポトンと缶を落とし入れた。


がやがやとにぎやかな声が近づいてきた。

公民館には教室のほかに体育館もあって、いろいろな人たちが利用している。

おばあさんたちのグループが卓球《たっきゅう》のラケットを手にやってきた。

そろいのユニホームから出た細い足を広げ気味に、トコトコ行進していくところはまるでガチョウの群れの移動《いどう》みたい。しつれいかもしれないけれど、ちょっとかわいい。

こちらのロビーにむかってくるので、あたしは席をゆずるために立ちあがった。

青いタオルを首にまいたおばあさんが「悪いわね」といってすぐにバフンと腰《こし》をおろした。

津田アキトはすわってソーダをのんでいた。まわりにはゲームに夢中のせいで気づいていない子も多い。

おばあさんはゴホンとせきばらいをしてよびかけた。

「ちょっとそこの少年少女。席をゆずってもらえないかしらね」

あわててみんなバタバタと立ち上がった。

ところが津田アキトだけは気づかないのか、知らん顔だ。

おばあさんたちは空いた席にすわった。

立たない津田アキトにむかって、青いタオルのおばあさんがいった。

「おじょうちゃん、よかったらあの人にいすをゆずってもらえない？」

指さしたところには、しましまのタオルを首にまいた大きなおばあさんが立っていた。

ところが津田アキトは、ペットボトルのラベルをながめたままで何も答えない。

青いタオルのおばあさんは首をまわし、こんどはあたしの顔を見つめた。小さな目がまんなかによったところがやっぱりガチョウっぽい。

あんたの友だちでしょ、なんとかしなさい、という顔つきだ。

あたしはとまどい、津田アキトと青タオルを交互《こうご》にながめた。するとしましまタオルが、さもつかれたというようすで腰をトントンたたきはじめた。

青タオルが、もう一度いった。

「子どもは風の子。げんきなんだからね」

すると津田アキトがやっと顔をあげた。

「いやです」

「え？」

「子どもがみんなげんきなんていえません。でもあなたたちはとてもげんきに見えます。ここでわたしは友だちと楽しく話をしていました。大切な時間をゆずりたくありません」

あたりからいっせいにガアガアと声があがった。

「○▽×◇×」

ききとれない。まずい。つっつかれるかも。

あたしはあわててかけよった。

手足の長さは負けていても、筋肉量《きんにくりょう》はこっちが勝ってる自信があった。

腕《うで》をつかまえておもいっきりひっぱりあげた。

津田アキトはひょうしぬけするほどにかるく、細い草の根をひっこぬいたくらいの力でいすから離れた。

「津田さん、あたしにつかまって」

あたしはおばあさんたちに頭をさげた。

「あの、この子ちょっとぐあいが悪かったんで……つれて帰ります。すいません」

そのままひきずっていった。

「あの子、だいじょうぶかしら」と、うしろでしんぱいする声がきこえてきた。

ロビーを通りぬけ、公民館の玄関《げんかん》から外までひきずり出したところで、腕をふりはらわれた。

「どっこもあんべ悪くねーから」

「だってさあ、なに、あのたいどは。ぐあいが悪いっていうしかないじゃん。あのおばあさんたち、そうとう怒ってたよ」

「なして？　むかつくのはこっちだべ」

「そりゃあの人たち、ちょっと勝手だなあ、とはおもったよ。おもったけどお年よりなんだからさー」

「年よりだったらなに？　わざわざ運動に来た人だろ。人をどかしてでもすわりたがるって、矛盾《むじゅん》してないか？」

「ムジュンといわれても」

「あんなにげんきでずるいだろ」

津田アキトはソーダをあおって一気にのむと、ゴホゴホむせた。

おもわず背中《せなか》をさすってやろうかと手をのばしかけた。つづけざまにスキンシップをしかけている自分にとまどいながら。

けれど「どれだけ、長生きしようとしとるんだが」とつぶやくのをきいて、あわてて出していた手をひっこめて一歩うしろにひき下がった。

津田アキトは、のみ終わったペットボトルを力まかせににぎってつぶそうとした。

ボトルは一度へこんで、パコンともどってしまった。

それでよけいにくやしくなったのか、ギリリと音がしそうなくらい奥歯《おくば》をかんでいた。

その顔つきに、

「……あんたってキレやすい人？」

といってしまった。

じろりとにらんできた目に、あたしはひるんだ。

あき缶は他人のぶんまで持ち帰ろうとするくせに、お年よりにはびっくりするほどひどいたいどをとる。

やっぱり他人はナゾだ。

ヒューンと電気の音をさせて、一台の車が駐車場《ちゅうしゃじょう》に入ってきた。

津田アキトはカバンを背負いなおし、車にむかって歩き出した。

前かがみにずんずんと大またで離れていく。

丸まった背中だった。もしも毛があればさか立てているんだろうな。ツメが武器《ぶき》ならひっかかれ、キバが生えていたらかみつかれていたかもしれない。

あいつ、やばいやつかも。そうつぶやいた小太郎のことばを思い出した。

すると、津田アキトはとちゅうでピタリと立ちどまった。

ぎくりとした。

ビームが出そうなきつい目でふりかえる。

「あのさ」

あたしはきんちょうした。

「なに?」

「津田さんとかあんたとかよばれちゃってるけど、わたしをよぶ時はアキト。おぼえてな」

そういって車にのりこんだ。

あたしは頭の中の半紙を広げ、津田さんと黒く書いた文字の上に、赤い墨《すみ》でアキトと書き直した。

「へば、美海、また土曜日なー」

車から出した手がふられた。

あたしもまごつきながら、手をふりかえした。

「へば、アキト……また土曜日」

角を曲がって見えなくなるまで手はふられていた。夕暮《ゆうぐ》れの中で、プラタナスの葉っぱがひらひらとゆれているみたいだった。

車が行ったあとも、あたしはしばらくぼんやりと立っていた。

何か落ちているのが目にとまった。

さっき見せてくれた町内誌《ちょうないし》だ。

車にのりこむときに、パーカーのポケットから落としてしまったらしい。

ひろいあげて手にとると、ペンでチェックをつけられたところがパラリとひらいた。

「おくやみ」という小さな欄《らん》だった。

この地区で、だれかがなくなったというお知らせがのっているところだ。名まえと年《ねん》齢《れい》とおそうしきをする会場がしるされている。

権俵治郎兵衛《ごんだわらじろべえ》さん。九十九歳《さい》。風《かぜ》の丘《おか》ホール、そこのところがペンでかこわれていた。

知っている人なのかな。

どうしてだまっていたのかな。

そういえば、このあいだもお寺の近くで見かけたんだっけ。

お寺だのおそうしきだの、あの子はなぜか不吉《ふきつ》な場所にばかりひきよせられているみたい。

胸がざわざわした。

5

朝、登校したあとで、となりのクラスにむかった。

落としていった町内誌《ちょうないし》をアキトに届《とど》けてやろうとおもった。

ちょうど小太郎《こたろう》がろうかに出ていたのでよびかけた。

「津田《つだ》アキトさん、いる？」

笑っていた小太郎は、なぜか名まえを出したとたんにちょっと顔をしかめた。

「あいつになんの用？」

「これをわたしてもらっていいかな？　きのうの書道教室でわすれていったから」

小太郎に町内誌をさし出した。

しぶしぶうけとり、教室に入っていく小太郎の背中《せなか》ごしに、のびあがってさがしてみた。

アキトは教室のすみで、棚《たな》に置いてあるすいそうをながめているようだった。

そばにはだれもいない。

小太郎が、遠いところから声をかけた。

まわりがいっしゅん、しずまった。

すいそうの前からアキトが離《はな》れ、小太郎に近づいていく。すると、その動きにつれて、まわりのすきまが広がっていく。

まるでみんながあの子をよけているみたいに。

なんで？

どうしてアキトのまわりだけスカスカなの？

また胸《むね》がざわつく。

うしろからヤエちゃんによばれた。

ふりかえりながら、自分の教室のほうにもどった。

きっとたまたまそうなっているだけだろうとおもうことにした。

「ねえ、美海《みみ》、知ってたー？」

「ううん。知らなーい」

話す前に知るはずないけど、ヤエちゃんの話はなんだっておもしろいから歓迎《かんげい》だ。今日はアイドルのうわさ？　コミック情報？　それとも新作コンビニデザートの話？

「となりのクラスの津田アキトの話だけどね」

ビンゴ。今、まさに気にしていたどまんなかだ。

「津田アキトが引《ひ》っ越《こ》ししてきたマンションって知ってる？」

「知らない」

「杉《すぎ》の木《き》公園の近くの大きいとこだけど、その同じマンションに吉田《よしだ》うどんも住んでるんだよ」

「それは知ってる」

となりのクラスの吉田うどんが住むマンションは、さいきんできた高い建物だ。上の階からは山なみがずらりと見え、夜には町の夜景が絵ハガキみたいに見わたせるという。

「それでね、あのマンションって、下の階には部屋がいっぱいあって、上に行くと部屋が少なくなるんだって」

「ピラミッド型《がた》？　三角には見えんけど」

「そりゃそうだ。どう見たって箱型だよ」

といいうことはつまりね、とヤエちゃんはせつめいをはじめた。

下の階から上がるにつれ、それぞれの部屋が広くなるこうぞうで、階が上に行くほどお金持ち度も上がるしくみなのだという。

「かたちは箱型でも、お金持ちかどうかがひとめでわかるピラミッド型、それを見せびらかしているいやらしい建物なんだよー」

「いやらしい建物だねー」

「それでね、津田アキトんちは一番上の階で、吉田うどんが一階。つまり一番上と下なわけ」

ヤエちゃんは顔をのぞきこんできた。

「美海、うちのいいたいこと、わかる？」

「うーん、わかるけどー。でもヤエちゃん、吉田うどんのうちは、一階が一番好きなのかもしれんよ」

ヤエちゃんはくるっと目を天井《てんじょう》にむけた。

「そうかなあ？」

「ほら、高いところがにがてとか。火事でもすぐ逃《に》げ出せるとか」

「ああ、なるほどね、たしかにそういうかんがえも、あるっちゃある」とヤエちゃんは、あごに手をやり小首をかしげた。

それからあわてたように手をふった。

「ちがうって。そうじゃないよ。それをいいたいんじゃなくて、そのお金持ちぶりを津田アキトがじまんしたって話をしたかったんだってば」

「じまん？」

少し前に、吉田うどんとアキトは同じ班《はん》になり、班の学習でだれかの家に集まろうということになったそうだ。

そこで吉田うどんが「ちょっとせまいし、弟がじゃまするかもしれないけれど」とみんなを家にさそったところ、アキトが「だったら自分の家のほうが広いし、じゃまする弟もいない」としゃしゃり出たという。

ヤエちゃんは鼻にしわをよせる。

「ふつうそれいう？　そんなことといったら吉田うどんに悪いとか、うちらだったらかんがえるよね」

「かんがえるね」

でも、うちらとはきっとちがうのだ。

せまいといった吉田うどんのことばを、アキトはまじめにそのまま受けとってしまったのだ。

しかし怒《おこ》っているヤエちゃんに、口をはさめるすきはない。

「それだけじゃないんだよ。津田さんのことを頭がいいねってだれかがほめたら、わたしは頭がいいっていうより記憶力《きおくりょく》がいいんだって答えたみたい。そんなことないよーとか、ふつうはいうじゃない？」

「うん。ふつうは、ね」

「だからみんなびっくりして、ひいちゃったんだって」

ヤエちゃんはたたみかける。

「しかもクラスでのグループラインに入れてやってもスルーだって。音がうるさいから通知オフしてるとか平気でいうらしいよ。なんか自分だけはちがうとおもってんじゃない？　自分はお金持ちとか頭がいいとか、みんなとは別だとおもってんじゃない？」

まくしたてたヤエちゃんは、やっと口を一文字にむすんで腕《うで》をくんだ。

あたしはしんちょうに口をひらいた。

「あのさ、もしかしてだけど、それって、じまんしてるつもりはなかったのかも」

「え？」

「ただ正直なだけかもしれなくない？」

「正直って？」

「おもったことをそのままいっちゃうバカ正直」

「バカ正直？」

ヤエちゃんはしばらくかんがえたあと、ぴしゃりといった。

「それってやっぱりバカじゃん、バカの一種じゃん！」

「……そうだね。たしかに」

「美海はどうおもってるか知らないけど、うちはそういうのはダメ」

「ダメかぁ」

「いくら見た目が良くても勉強ができても、性格《せいかく》ワルかったら、人としてダメだとおもう」
○○としてダメ、ということばをヤエちゃんはよく使う。

親としてダメとか、アイスとしてダメとか、気に入らないあらゆるものにダメ出しをする。親にもアイスにもなったことがないのでわからないけれど、人としてなら想像《そうぞう》できる。想像はするけれどどうなずけない。

ダメかどうかなんて、そんなかんたんにきめられるものではないとおもう。

しかしヤエちゃんは鼻息あらく「体育着を置いてくるわ」といって、ロッカーのほうに行ってしまった。

ため息が出た。

アキトは転校をうまくのりきれなかったらしい。転校生はみんなが机《つくえ》のまわりに集まっているうちがかんじんなのに、その時期にアキトはまちがえてしまったのだ。

せっかく顔も頭も悪くないのに。だれもがうらやむものを持っているはずなのに。

重い足どりで自分の教室に入った。

すみに置いてあるすいそうに目をやった。

アキトもとなりのクラスで、ひとりで見ていたっけ。

中ではメダカが泳いでいる。飼育係《しいくがかり》がなまけたのか、すいそうの水は少し濁《にご》り、すみには緑色のコケがつきはじめている。

それでもメダカたちは気にするようすもなく、すっすっときげんよく泳いでいる。

ここに一匹《ぴき》だけ金魚を入れたらどうなるのかな。

勝手気ままに泳ぐ金魚を入れたとしたら、メダカはめいわくにおもうのかな。

それとも、きれいな金魚を、うらやむのかな。

「うらやむ」という文字が頭の中の半紙にうかんできた。

あたしは、手をかるく動かし、まぼろしの半紙にその文字を書いてみた。それで気づいた。

「うらやむ」は、「うらむ」に似《に》ている。

や、の一文字を入れるか入れないかだけのちがい。

「うらやむ」は「うらむ」にかんたんに変わってしまう。

おかしな想像だ。

アキトは金魚じゃないし、教室は濁ったすいそうじゃないのに。

6

その日の午後、委員会で帰りがおそくなった。生徒がいなくなった昇降口《しょうこうぐち》で、こんどは小太郎《こたろう》によび止められた。

「美海《みみ》、今日、津田《つだ》アキトにわたしておいたよ」

ありがとうといったのに、小太郎はもじもじしている。

「どした？」

「書道教室に津田も入ったっていうから、やっぱり美海も知ってたほうがいいとおもって」

「なにを？」

「えと、あいつってちょっと変わってるって、おれいったじゃん？」

たしかに竹とんぼをもらったときに、小太郎はそういっていた。

「ほら、転校してすぐのころ、社会見学があったろ」

この前の社会見学はボランティア体験だった。行き先は老人ホームで、入所しているお年よりのおてつだいをするというものだった。

「そのときに、あいつ、車いすのおばあさんにむかって、そろそろですか、っていったんだよ」

「そろそろって？」

「そろそろ天国に行くんですかって」

「え？」

「ひどいだろ。さすがに職員《しょくいん》さんから注意されてたさ」

「ほんとに？」

それがほんとうならたしかにひどい。無神経《むしんけい》すぎる。

「うたがうんなら、鈴木《すずき》や沢井《さわい》にきいてみろよ。けど、いわれたおばあさんはちっとも怒ってなくて、はい、そろそろいきます、なんてさらっと答えちゃってたけどな」

小太郎はふふっと笑った。

「あの世にいる人に、ことづけがあればききますよ、なんてまじめな顔でいうんだもんな。勝てんわ」

小太郎はすっと笑顔《えがお》をひっこめた。

「竹とんぼのときもそうだけど、津田って、ちょっとどうかとおもうんだよ。おじいさんとかおばあさんに、ひどいこといいすぎるんだよ」

少したためらってから、小太郎ははっきりといった。

「あいつ、かなり性格《せいかく》が悪いとおもう」

ヤエちゃんにつづいて小太郎からも同じことをきかされてしまった、性格が悪いと。

「だからほら、美海とかさ、だいじょうぶかなとおもって。やなこととかいわれてないかとおもって」

「そんなことないよ」

「そうか。なんか、つげぐちみたいになっちゃったかな」

きまりわるそうに頭をかいた。

小太郎はばあちゃん子だった。

保育園《ほいくえん》のおむかえに来ていたのは、小太郎に似《に》てけらけらとよく笑うばあちゃんで、園児のみんなからしたわれていた。

だから、自分のばあちゃんにいわれたようで、ゆるせないきもちになったのかもしれない。

「小太郎のばあちゃん、げんきなの？」

今は町はずれの施設に入っているときいていた。

「げんきだよ。今はちょくちょく会いに行けるし。うちよりメシがうまいってよろこんでる。部屋もきれいだし、職員さんもみんなやさしくてよかったってゴキゲンだよ」

そうきいてほっとした。

「すごく明るいもんね、小太郎のばあちゃん」

「ああ。そんでもおれらが帰るときになると、なんか泣くんだよな」

「泣く？」

「さびしいんだろうってかあちゃんがいってたけど、年よりってなみだもろいせいじゃないかな？　よくわかんないや」

わかんない？

昇降口の時計に目をやった小太郎は、あわてたように、「じゃ、ごめんな。みんなをまたせてるから」といって校舎《こうしゃ》の中にバタバタともどっていった。

小太郎の消えたろうかのほうはうす暗い。がらんとした昇降口にはもうだれのすがたもない。

となりのクラスのげたばこには、小太郎の靴《くつ》のほかにも三足ほどの靴が残っていた。

いっしょに帰る子のものだろう。小太郎がひとりになることはめったにないから。

じまんしないし、やさしいし、みんなに好かれている小太郎は、ひとりになんてならない。

いつもだれかと楽しそうにしている小太郎は、ひとりのさびしさをきっと知らない。

だからばあちゃんの泣くきもちが小太郎にはわからないのだ。

げたばこの中、もう帰った人たちのうわばきがならんでいる。

よれよれのうすよごれたうわばきの中に、まだ新しい一足が目にとまった。

津田亜希人《あきと》の名まえがていねいな字で書かれている。

あの子はだれかといっしょに帰れたのかな。

以前、帰り道で見かけたときは、ぽつんとひとりで歩いていたっけ。

あたしは自分のスニーカーをとり出して、下にそのまま落っことした。

ぱっと砂《すな》ぼこりが舞いあがった。

そんなにアキトはひどいのだろうか。ヤエちゃんや小太郎にいわれてもしかたがないほどのワルイコなのだろうか。

落としたスニーカーはひっくりかえって、靴底を見せていた。

かがんで直したら、ひもがゆるんでいるのに気づいた。

ひもをふんだらころんでしまうかもしれない。足をつっこんでからむすび直した。

すると、こんどはつま先に何かがあるのに気づいた。

すごく小さい石が入ってしまったみたい。ほんのちょっとだけ足の指にあたってくる。

さかさにして落とそうか。

めんどうだからそのままにしておこうか。

まよった。

ひもならふんづけたひょうしにころんでしまうかもしれないけれど、ちっぽけな石ならころぶことはない。痛《いた》くてがまんができなくなった時に、立ちどまってもう一度かんがえたらいい。

きめた。

そのままでいいや。

ちょっとあたるぐらいは、そのままにしてみよう。

あたしは顔をあげた。

暗い昇降口からながめる校庭は、そこだけ四角く切りとられたみたいに明るくてまぶしい。

立ち上がり、小石の入ったままのスニーカーでふみ出した。

7

土曜の書道教室は朝の九時にはじまり、二時間ほどで終わる。

アキトは少しおそい時間にやってきて、前のほうの席にすわった。

いくつかうしろの席にいたので、そのようすが目に入った。

あいかわらず上手な字を書いているらしく、八木《やぎ》先生にもまわりのおとなたちにもほめられているようだ。ほめられてもよろこぶでもなく、照れるでもない、とうぜんだといわんばかりだ。

それを見てるとやっぱり、おもしろくないきもちになる。

くやしいと感じながらも、なぜくやしいのかはわからない。自分がけなされたわけではないし、損《そん》をするわけでもない、アキトが悪いことをしたのでもないはずなのに。どうしてモヤモヤしてしまうのか、自分でもふしぎだ。

今日のアキトは黒いパーカーに黒いパンツ、スニーカーも黒というブラックコーデだ。メンズカットみたいな黒い髪までおしゃれに見える。

あたしも墨《すみ》が目立たないよう、黒い服を着せられているのになぜこうもちがうのか。

習字が終わり、アキトがこちらにやってくる。袖をまくって歩くすがたはかっこよく、まるで通路がランウェイに見えるほどだ。

ほれぼれとながめているうち、おや、と首をひねった。

黒はおしゃれのためではなく、やっぱりよごれを目立たなくするためなのかもしれない。アキトの指やら腕《うで》やら、あちこちがみごとに墨まみれなのだ。

あんなにきちんときれいな字を書くのにふしぎ。集中しすぎて、ほかのことはすっぽぬけてしまうのだろうか。

そんなあたしを気にするようすもなく、アキトはいった。

「美海《みみ》、町のことを教えてほしい」

こちらにむけた顔は、眉毛《まゆげ》が墨でつながっている。

どうやったらそんなところに墨がつくのだ。

「うん、いいよ。なんでもきいて」

「風《かぜ》の丘《おか》ホールって、どうやって行く？」

町内誌《ちょうないし》にマークがつけられていたところだ。

「そこに行きたいってこと？　え？　今から？」

アキトはうなずく。家の人の送りむかえはもうないので、今からひとりでそこに行きたいという。

「そこっておそうしきをするところだよ」

「知ってる」

おもいがけない話におどろいた。

それでやっと合点《がてん》がいった。

黒ずくめは、おしゃれのためでも、黒のよごれをふせぐためでもなく、おそうしきに出るためだったのだ。

それにしてもいったいだれがなくなったのだろう。

どきりとした。

町内誌でチェックされていた名まえが頭にうかんだ。

「ごんだわらさん、とかいったっけ？」

知り合いだったのだろうか。何かなぐさめになることをいわなければ。

「たしか年が九十九歳《さい》だったよね。うらやましがられる年というか、ええと、リクガメとか屋久杉《やくすぎ》とかとくらべたらそうでもないかもしれないけど、人としたら良かったっていうか」

まずい。人がなくなったときに良かったなんていってはいけない。

「ええと、良くはないかもしれないけど長いのは良いことでけっきょく良かったといえるようないえないようななんというか」

何をいってるのか、もはや自分でもわからなくなったころ、アキトは「ああ、そうか」とうなずいてくれた。

「ごんだわらさん、このあいだなくなった人な」

「そうそう」

「だれ？　とおもったけど。九十九歳の人な。あとちょっとで百までいったのにおしかった人」

「そう、おしかった人」

「その人、美海の知ってる人？」

ちがうちがうと手をふった。

「アキトがマークをつけてた人でしょ、町内誌の。その人のおそうしきに行くんじゃないの？」

「そうか」ちょっとかんがえた顔をして「じゃ、教えて。そのホールへの行き方」

「いいけど」

なんだかよくわからなかった。でも、おそうしきのことなんてあまりくわしくきくのも悪い気がした。

風の丘ホールは一年ほど前にできた建物で、ここから三十分くらい歩いたところにあった。

机《つくえ》の上にまだ出してあった半紙に、ざっくりした地図を筆で描いてやった。

とちゅうでがたがたと教室の人たちが帰りはじめた。

部屋は時間がくると追い出されるので、長くはいられない。道具をまとめ、ふたりでロビーにうつった。

ロビーで半紙に描いた地図を広げ、アキトに道のせつめいをはじめた。

アキトは立ちあがり、ぐるぐると自分のからだのむきを変えながらペンでメモを書きこもうとするので半紙はよれよれになり、そのうち穴《あな》まであいてしまった。

「さんぞくの地図っぽくなった」

「きく気、あるかな？」

「あるある」

うしろがうるさくなってきた。

ふりむくとこの前のガチョウのおばあさんの一団《いちだん》だった。

練習日がたまたま同じ日になってしまったらしい。またガアガアとさわぎながらやってくる。

アキトはそちらをにらみつけた。

きけんな目つきだ。

あたしはとっさにアキトの腕をつかまえた。

そしてまたしてもずりずりと、ロビーのすみまでひきずっていった。そこは新しく小さな手洗《てあら》い場《ば》が設置《せっち》され、柱のせいで目につきにくい場所になっていた。

アキトはまた腕をふりはらう。

「まただが」

「もうかんべんだから。またおばあさんたちとけんかするのは、ホントにもうかんべんだから」

いたかったと、アキトは自分の腕をさする。

「ああごめん、ついごういんにひっぱりすぎちゃったかな」

「美海、ちから強いな」

あたしのつま先から頭までをかんしんしたようにながめる。

そんなアキトの目の前で、あたしは地図をびりびりとやぶった。

「もうやめた。アキトに教えるのむり」

アキトは、え？　と、目をまるくした。

「むりって？」

「もう教えない」

「美海、怒《おこ》った？　ちからが強いっていったから？　ほめたつもりだった」

「いや、怒ってないし。てか、ほめてないし」

この前も、あたしの目が離《はな》れてるとかいったっけ。視野《しや》が広いのは敵《てき》を見つけやすいからすぐれているとかなんとか。

「ほめるとこ、まちがってるよ」

「どこが？」

「それはもういい。教えないっていったのはね、口で教えるのはむりだっていみ」

風の丘ホールは、あたしの家を通りすぎてからさらに先だ。くねくねした住宅地《じゅうたくち》をぬける道は目じるしがないので、せつめいがむずかしい。

「腕、ひっぱったついでに、そこまでひっぱってってあげる。どうせうちの方向だし」

「ほんとに？」

「うん。風の丘ホールまでつれていく。アキトには町のことを教えるって約束したからね」

約束やぶりはウソつきと同じでワルイコのすることだ。

「でもその前に、顔の墨は落とさなきゃだよ」

水道のじゃぐちをひねり、ぬらしたティッシュで顔をふいてやった。

アキトはだまってされるままになっていた。

ティッシュを持つあたしの手の甲《こう》は、アキトの息でくすぐったい。

他人にふれられるのがにがてなはずだったのに、こうしている自分がふしぎだった。

「まああかな、少しはマシになったかも」

つながって一本になっていた眉毛《まゆげ》は、なんとか二本に離れてくれた。

つい笑ってしまいそうになるけれど、アキトがこれから行くのはおそうしきだ。ぜったいに笑うわけにはいかないのだと気をひきしめた。


ふたりならんで歩きはじめた。

お昼前の住宅地は人のすがたもなく、静かだった。

しばらく歩いたところで、アキトがいった。

「ちがう人だ」

ことばを、道端《みちばた》にすててるみたいないいかただった。

「え？　なんのこと？」

「今日のおそうしきの人、ちがう人」

「ちがうって？」

「ごんだわらじろべえさんのおそうしきはもう終わってる」

「じゃ、行ったたってだめじゃん」

「でも、別の人のがある。なえくらマメさん」

「だれ？」

「百一歳。百歳ごえの人」

またしても、お年よりの知りあいがなくなったのだろうか？

「え？　なんで？　どういうこと？」

「なんでってきかれても、なんでなくなったのかは知らない」

「アキトの知ってる人なの？」

「知らない人」

「なんで知らない人のことを知ってるの？」

アキトはだまって、パーカーのポケットからおりたたまれた紙をとり出してみせた。

新聞の切りぬきだった。

「これに書いてある。訃報《ふほう》とかいうやつ」

「訃報って、人がなくなったことのお知らせでしょ」

ばあばがよくチェックしているやつだ。

「そう。そうしきの場所とか時間とかのってる。地方の新聞には昔はよく出てたらしいけど、今は出さないほうが多いらしい」

切りぬきを手わたされた。

切りぬきには、なえくらマメさんの名まえがあり、前のものと同じように赤ペンでかこわれている。

「なに？　ごんだわらさんじゃなくて、この、マメさんのおそうしきに今から行くっていうの？　知らない人なのに？」

「そう」

訃報なんて不吉《ふきつ》だ。持っているのもいやだ。アキトにつきかえした。

「なんでこんなのを持ってるの？」

「集めてるから」

「なんで集めてんの？」

「しゅみ」

足が止まった。

「しゅみって、いみがわかんないんだけど」

アキトも足を止めてふりかえった。

「しゅみというのは、きょうみを持っておこなう仕事や勉強以外のことがら。きょうみを持ったものを習慣的に収集《しゅうしゅう》することもある」

「そうじゃなくて、訃報がしゅみってのがわかんないの」

「なにを集めたって、集めだしたらしゅみっていえないか？」

いったいなんの話をしているのだっけ。まるでカードゲームの話をしているみたい。

「ぜんぜんわからん。わかるように話してよ」

「美海は、釣《つ》りとかする人？」

「しない人」

「釣りに似《に》てる。名まえがたくさんならんだ日は、大漁っておもう。なんにもない日は不漁だっておもう。釣りをする人ならそのかんかくがわかるとおもう」

「え？　たくさんしぬ日は大漁？　しなない日は不漁？」

「いくつか名まえがならんでいる日はいいけど、ぜんぜんない日はちょっとがっかりする」

どういうこと？　だれかがしんだ日はいいけれど、だれもしなない日はがっかりするって？

アキトはまたくるりと背《せ》をむけて、すたすたと歩き出した。

あわてて追いかけた。

「しぬ人がいないとがっかりするって、どういうこと？」

アキトは足をゆるめて、こちらに顔をむけた。

「だれもしなないのは、なんかずるいとおもってしまう。あんまり長生きの人がしんでもやっぱりずるいとおもってしまう。だからごんだわらさんとか今日のなえくらマメさんとか、そんなにきもちがあがらない」

「長生きの人じゃ、しんでもきもちがあがらない？　じゃ、若《わか》い人なら？」

「若い人のは見たくない。すごく不公平だとおもう。いやなきもちになるから見たいとはおもわない」

「人がなくなったお知らせを見たい人なんていないよ」

「いい感じの年の人が、いい感じにならんでいるのがベスト」

「もう一度きくけど、いい感じにならんでいるのは、しんだ人……ってことだよね？」

「そう」

わけがわからない。

この子は、何かとてつもなくおそろしいことをいっている。ふつうは口にしないような気分の悪いことを。

変わっているとおもってはいたけれど、変わっているだけではすまされない。性格《せいかく》が悪いだけでもすまされない。

まるで死神みたいだ。

なんだかこわくて鳥肌《とりはだ》が立ってきた。

どこかの家で、犬がワンワンほえたてた。

あたしは下をむき、自分の靴が右と左と順番に前へ出るのをながめていた。

だんだん足がおそくなった。

横にならんでいたはずが、いつのまにか前後の列をつくっていた。

アキトがぴたりと立ちどまってふりかえった。

「あのさ、うしろから美海がついてくるのって、案内してることになる？」

車が前からやってきた。

住宅地のせまい道だったので、ふたりで塀《へい》に背中をつけるようにしてよけた。

スピードを落として車が通りすぎていく。

あたしは横にいるアキトの顔をぬすみ見た。ととのった目鼻もつるりとした肌《はだ》も、石でできた彫刻《ちょうこく》のよう。血がかよっているとはおもえない。

小太郎がいったっけ、「やばいやつ」って。

アキトが自分の名まえについて話していたことも思い出した。

心をつけ足したら、悪をのぞむ人になる、と。

あれはほんとうだったのかもしれない。

あのことばが毒《どく》みたいにじわじわと広がってきて、息がくるしくなりそうだ。

車をやりすごしたあと、あたしはアキトの前に立って歩き出した。

住宅地をすぎると、工場や倉庫がたちならんでいる工業団地《こうぎょうだんち》の一角になる。この中をつっきって国道をめざすのが一番早い。

土曜日は休みなのか、人はほとんど歩いていない。

ガードレールでくぎられた歩道があり、じゅうぶんな道幅《みちはば》はあるけれど、あたしは横にならばれないように早足で先に立った。

それからほとんど話はせず、だまって足を前へ運んだ。

「ねえ美海、速くない？　キョーホみたいになってるから」

うしろでアキトが声をあげてもずんずんすすんだ。

工業団地をぬけ、信号のある大通りの交差点に出た。広い国道にぶつかるところ。この国道を左に曲がればホールまではまっすぐだ。

交差点を左に曲がり、少し行ったところで足を止め、前を指さした。

「あそこに見える。あれが風の丘ホール」

人さし指の先に建物がある。何のかざりもない二階建ての施設《しせつ》だ。

「じゃ、あたしはここで帰るから」

くるりと背をむけた。

アキトはちょっとあわてたような顔をしていた。

それには気づかないふりをして、だまって来た道をもどった。

とちゅうで背中がちりちりしてきた。にらまれているのではないかと、こっそりふりむいた。

アキトはあたしなんかを見ていなかった。

街路樹《がいろじゅ》の下でじいっとホールをながめていた。

ひざしは明るいのに、アキトのすがただけが木の下でうす暗い。着ている黒い服が影《かげ》にとけこんでくべつがつかない。

前をむいて、帰り道をいそいだ。

アキトの黒い影がじわじわと歩道にしみだし、こちらまでずるりと追ってくるような気がした。

だんだん早足になり、いつかかけ出していた。

ほとんどノンストップで家まで走った。

8

家に着くと、ばあばの「おかえり」の声がまっさきにむかえてくれた。この家に入ればもうだいじょうぶだと、ほっとした。

ばあばはママのおかあさんで、パパとママとあたしの三人は、この古い家でいっしょにくらしている。パパもママも仕事でいそがしくしているので、ふたりの親たちよりも長い時間をあたしはばあばといっしょにすごしていた。

「おなかすいたでしょ」と、ばあばはおにぎりの皿を置き、鍋《なべ》を火にかける。

みそ汁《しる》のおいしそうなにおいとあったかいゆげに、波立っていたきもちが、少しずつしずまっていくのがわかる。

ふっくらしたおにぎりをほおばると、いつものやさしい味に安心できた。

ばあばのおにぎりはママにもパパにもまねができないおいしさで、いったいどこがちがうのかがわからない、わが家のミステリーのひとつだった。

今日のばあばの服はむらさき色で、えりが葉っぱのかたちをしたワンピースだ。

背《せ》を丸めて台所に立っているすがたは、曲がってちょっとしなびはじめたナスみたい。

昔はちがったらしい。どこもかしこもピンとはった若《わか》くみずみずしいころがばあばにもあったという。でもうれし泣きとかくやし泣きとかするうちに水分がじょうはつしてしまったそうだ。

短めのおかっぱ頭はまっ白で、ところどころにカラフルな髪《かみ》どめをつけている。そんなばあばを見ていると、少しずつ人間から離《はな》れていく気がする。キャラクターめいた何かに近づいているようでそれもおもしろく、あたしはばあばの五本の指にぜんぶちがう色のマニキュアをぬってやったりしている。

ばあばにたずねた。

「ね、人のしぬことにきょうみがある人って、どうおもう?」

ばあばは、みそ汁をよそっていた手をぴたりと止めた。

「え?　なんていったの?」

「あのね、人がしぬことにすごいきょうみを持ってる人がいたとするじゃない。訃報《ふほう》を集めてるとか。集めるのがしゅみとかいって。そんなのってふつうじゃないよね。ヘンだよね。ヘンタイだよね」

「ヘンタイ？」

「あ、ヘンタイっていっても、仮面《かめん》ライダーが戦うときの編隊《へんたい》とはぜんぜんちがうよ」

仮面ライダーのファンだったころは、ばあばとふたりだけの編隊をくみ、変身ポーズをきめたものだった。

「あのね、まるでマニアみたいに訃報を集めちゃうとか。それだけじゃ足らなくなって知らない人のおそうしきにまで出かけちゃうとか。それって、おかしくない？」

指先についた米つぶもていねいにつまんで口に入れた。

「すごい変人なのかもしれないけど、なんかやばいというかなんというか」

しゃべりたいことはいっぱいだけれど、どう話していいのかむずかしいし、食べながらだと口の中をかみそうだ。

「美海《みみ》、食べるかしゃべるか、どっちかにしなさい」

ふたつ目の具は天ぷらで、小さなエビ天をあまじょっぱく煮《に》たのが入っている。こんどは食べることに集中した。

赤いエビのしっぽがとび出しているけれど、そのしっぽのつけねまでをガジガジかんだ。

みそ汁をのみほし、はしをコトンと置いた。

「あのさ、アメリカのこわいドラマで、すごい悪いやつが出てくるじゃない。人のしぬのが好きなやつ」

部屋でばあばが配信ドラマを楽しんでいるときにむやみにのぞいてはいけない。スプラッターなざんこくシーンが出てきて、手で目をおおっても間にあわないのだ。こまったことに、ばあばはそんなドラマや映画《えいが》が大好きだ。

ばあばがいうには、人の脳《のう》のこわさを感じる部分ときもちよさを感じる部分とは重なっているという研究があるのだとか。だからサスペンスやホラー映画のドキドキを楽しいと感じてもふしぎじゃないと。

ばあばがあたしの前に、お茶のマグカップをさし出した。

「悪いやつが、どうしたって?」

「人のしぬのにきょうみがあるとか、そういう悪いやつってホントにいるのかな?」

「悪いかどうかは別にして、人のしぬのがこわくないって人はいるらしいね」

「こわいっておもわないの？」

「共感性《きょうかんせい》の低い脳を持つ人はこわさを感じにくいっていわれてる。そうきくとれいこくな人間におもうけれど、そうとばかりはいえないところがきょうみ深《ぶか》いんだわ」

ばあばは、あたしに理解《りかい》できないことでもおかまいなしだ。たとえ今はむずかしくても、頭のひき出しにほうりこんでおけばいつか役にたつときがあると信じているらしい。

いい？　とばあばは指を立てる。

「感情的《かんじょうてき》にならず、合理的で、人のきもちに左右されないってことだから、大せいこうをおさめる人物にもなれるってこと。そのいみではユニークで魅力的《みりょくてき》な個性《こせい》ともいえるのよ」

あたしはお茶をごくりとのみこんだ。

「じゃ、おとなになったらあの子は大金持ちか」

「あの子ってだれ？」

「転校生。津田《つだ》亜希人っていう女子。自分からアキトってよぶように指定してきた子」

あたしは、いすをばあばに近づけた。

「書道教室でもいっしょになったんだけど、かなり変わってるんだ。変わってるばっかじゃなくて、なんか信じられないような悪いことといっちゃうんだよね」

「どんな？」

「なくなった人が多いとうれしいみたいなことをいう。それと、年をとった人にはすごいキレて、いつまで長生きしようとしてんだとかいっちゃう。同情するきもちがまったくないみたい。なんかすごく悪い性格《せいかく》かもしれない」

「悪い性格だなんて」

ばあばはあたしの顔をじっと見た。

「友だちをそんなふうにいうほうだって悪い性格なんじゃない？」

「だってだってひどいんだよ。お年よりにね、もうすぐしにますか、みたいなことをきいちゃったらしいよ。ふつうきく？　お年よりに。どう考えたって性格悪すぎでしょ」

「わたしはきかれても別にかまわないけど」

たしかにばあばは平気そうだ。自分のおそうしきの指示をしているくらいだから。

自分のひつぎにはじいじのコートを入れるのを忘れないよう、ママに頼んでいるのを知っていた。

じいじはとても寒がりの人だったらしい。

夏になくなったじいじにはセーターもコートも入れてやらなかったから、自分がいく時には必ず持っていってやると決めているそうだ。

そんなばあばの頼みをママはわかったとうけあい、荷物が多くなりそうだと笑ったのだった。

ずずっと音をたて、ばあばはお茶をすすった。

「年よりなんていずれはいかなきゃならないからね。ただ、もうすぐかどうかは答えられないけど」

「それにしたって、しにますかなんてきくのはひどすぎる。どうかしてるよ」

「アキトちゃんだっけ？　その子のことが、そんなに気になる？」

「そりゃ、気になるよ」

「だったら、きいてみたら？　どうしてそんなことをいうのって」

「まさか。そんなのきけるわけないじゃん」

そんなきらわれるようなことをいうなんて、あたしのやり方ではない。

「そうか。せっかく口があるんだから、おにぎり食べるだけに使うんじゃもったいないとおもったんだけどね」

あたしは答えず、マグカップで両手をあたためた。

ジオウがプリントされたカップ。ヒーローはもうかすれて消えかけている。

ふと、超神《ちょうじん》ネイガーのことを思い出した。

ネイガーは秋田のヒーローだと、アキトは教えてくれたのだ。アキタ・ケンだとかハタハタ銃《じゅう》だとか。

友だちになりたい、なんてこともアキトにいわれたっけ。入学したての小一みたいに、まっすぐにこちらの目を見てそういったんだ。あれにはちょっとおどろいたけれど、ホントはとてもうれしかった。

「あ、しまった」

ガタン、といすから立ち上がった。

帰り道をアキトに確《たし》かめなかったことに気づいた。

道がおぼえられないといっていたし、地図を見てぐるぐるとまわっていたようすからしてまちがいなく方向オンチだ。今ごろ帰り道がわからなくなっているかもしれない。

まよって帰れず、行方《ゆくえ》不明になったらやっかいだ。

アキトの名まえや着ている服が、防災《ぼうさい》無線のスピーカーで町中に放送されることになる。

いやその前に、道にまよってウロウロしているところをだれかにねらわれるかもしれない。それが悪いおとなだったらどうする？　悪い子どもは悪いおとなにはかなわない。もしもつかまえられてしまったら？

おそろしい想像《そうぞう》が納豆《なっとう》の糸みたいにつながって、頭の中がきもちの悪いねばねばでいっぱいになりそうだ。

「行かなきゃ！」

ばあばにまた出かけるとつげて、いそいでバックパックを背負った。

9

早足で歩きながらホールをめざした。

アキトとわかれてからもうかなりの時間がたっていた。

とちゅうで会わないかと、きょろきょろしながら歩いた。辻《つじ》のおじぞうさんの前を横ぎり、犬にほえられながら道をいそいだ。

工業団地《こうぎょうだんち》をぬけて大通りに出た。

このあたりになると、あたしはうしろも見ずにすすんだっけ。おとなしくついてきたアキトは何をかんがえていたのだろう。

冷たい風がほほをなでた。

アキトの住んでいたという秋田はもう雪がふっているのだろうか。

ここは秋田からはずいぶんと遠く離《はな》れている。こんな遠い町に来て、心ぼそいおもいをしていたかもしれない。アキトのたよりなそうなすがたが目にうかぶ。そんな人をあたしはつきはなしてしまった。

もともとアキトのためといいながら、ほんとうは自分のためだったのではないか。良い子とおもわれたくて、良い子のふりをしただけではないか。

後悔《こうかい》が胸《むね》に広がる。自分で自分をきらいになりそう。

小走りでいそいでいると、遠くに人の影があるのに気づいた。すごいいきおいで走ってくる人がいる。

アキトだ。

こちらに一直線にむかってくる。

まだだいぶ遠いけれどまちがいない、よかった。

ほっと胸をなでおろした。

「アキト！」

声をかけた。

同時に、アキトのうしろからだれかが追ってきているのが目に入った。走ってついてきているのは黒い服を着たおじさんだ。

どういうこと？
アキトが手をふりはらうようにして、さけんだ。
「美海《みみ》、逃げろ。ひきかえせ！」
きいたとたん、あたしはくるりとターンして、もと来た道をひきかえした。
うしろからアキトが走ってくる。たぶんそのうしろからおじさんが追っかけてくる。
あたしが先頭の徒競走だ。
信号は青、まようことなくわたりきり、倉庫街に入った。
アキトがあたしに追いついてきた。
横にならんだ。
ふりかえると、おじさんは赤の信号につかまっていた。
ほっとしてスピードをゆるめたら、アキトはあたしにどなった。
「止まるな！」
そして、なんとあたしをぬきさっていくではないか。
あたしはあせってアキトを追った。
もう一度ふりむくと、信号が変わったとたんにおじさんも猛《もう》ダッシュした。大きな体格をした人で、こちらにおそろしい形相をむけている。

なに？　この状況《じょうきょう》はいったいなに？

ひょっとしたら、すごく悪いおとなに出会うという不安があたったのか？

アキトに「まって」とありったけの念をおくった。テレパシーはパワー不足でアキトは無情《むじょう》に走りさる。

速い。

運動会ではリレー選手になるやつだ。しかもアンカーでテープを切るやつ。自分には一生ありえないポジションだ。

くやしくなってきた。

どう見たって、楽しいシチュエーションではない。いや、かなりまずい。

こんな状況をつくっている本人は小鹿のようにかろやかに走りさり、あたしは置いてけぼり。

追いつかれたらおしまい。

ころんでもおしまい。

おそろしさがましていく。

離れていくアキトの背中《せなか》に、やっぱりおまえは自分勝手な人でなしだと心の中でののしった。

黒服おじさんは恐怖《きょうふ》そのものになっていく。そんなマンガがあった気がするけれど、思い出すよゆうはない。

うしろをちらとふりかえった。

さっきよりも距離《きょり》がちぢまっている。おじさんは確実《かくじつ》にせまってきている。

追ってくる重い足音がドスドスとアスファルトの歩道にひびいてくるようだ。

こわい。

大きな倉庫の横を走りぬけた。

こんなところに逃《に》げこんだのもまずかった。

昼をすぎた倉庫街、休日で人影もない。

通りも建物もがらんどうみたいに、きみょうにシーンとしていた。風景は紙でつくられた模型《もけい》みたいで、現実感《げんじつかん》はゼロだ。

三人の足音と息づかいだけがあたりにひびく。

ここでつかまったら最悪だ。

とにかく今は逃げきらなければ。

恐怖だけがつまった重い頭をのせ、あたしは必死で足を前にすすめた。

「必死」という漢字がふいにうかんだ。

こんな時になぜだろう。

全速力で走りながら、おかしなことに心は書道教室にいるようにしんとした。

頭の中の半紙に太筆で「必死」と書きはじめた。

げんきよくはらってハネて、きちんと止める。

しっかり書こうとするけれど、なかなかかたちがまとまらない、頭の中の太筆は意外にもおもいどおりになってはくれない。

おそろしいことに気づいた。

必死という漢字は必ず死ぬと書くのだった。

逃げきれずに死んでしまう？

絶望《ぜつぼう》に足がもつれそうになる。

もうむりかもしれない。

あきらめそうになったとたん、先を走っていたアキトがもどってきて、いきなりあたしの手をつかまえた。

すうっとひっぱられた。

ころばないよう、あたしは足に神経《しんけい》を集中させた。

地面をふむかんかくが消えた。手をつながれたまま、ほとんど宙《ちゅう》を飛んでいた。

風は追い風、うしろから背中を押してくれている。

ゆるい下り坂に入り、前には山が見えてきた。

秋の空は高く、青くすんでいる。

まるで飛ぶ夢《ゆめ》をみているようだ。

これが現実逃避《とうひ》というやつか。あまりにきびしい現実から自分を守るため、心は鳥になったのか。

しばらく走ったところでもう一度、首をねじ曲げてうしろを見た。

なんと、おじさんが止まっている。

足の裏《うら》に地面のかんかくがもどった。

あたしはアキトの手をひっぱって合図をおくった。アキトもふりかえってうしろをながめ、それからじょじょにスピードを落とした。

おじさんはもう追うのをあきらめたように、立ち止まってこちらを見ている。

そのあと、おじさんはのろのろと背中をむけた。

アキトも足を止め、つないでいた手が離された。

おじさんは国道のほうにもどっていく。肩《かた》を落としたすがたは小さくなり、交差点を曲がり、そして見えなくなった。

アキトはひざに両手をついて肩で息をした。

あたしもその場にしゃがみこんだ。

10

少し先に小さな公園があった。

すいよせられるようにそこの水飲み場にむかった。

ベンチのほかにはブランコと鉄棒《てつぼう》とがひとつずつあるだけのせまい公園だった。

住宅地《じゅうたくち》に入るはずの角を行きすぎ、工業団地《こうぎょうだんち》の中をやみくもに走ってきたせいで知らないところまで来てしまったらしい。

坂のとちゅうにあって、見はらしがいい。

手ですくった水をのどに流しこんだ。

アキトは顔をぬらし、プルプルとふるって水をとばした。

ふたりでどさりとベンチに腰《こし》をおろした。

木のあいだに、南アルプスが見わたせた。

ぐるりを山にかこまれて、おもちゃみたいな家がならび、そのあいだをぬうように川が白く光っていた。

しばらく何もいわずに息をととのえていた。しずかな公園に、野バトのぽっぽうという鳴き声だけがきこえてくる。

ふたり、同時に声を出した。

「なんで？」

顔を見あわせた。

「そっちからどうぞ」

とやりあうのはこれで二回目。

こんどもアキトに先をゆずった。

「なんで美海《みみ》がここにいる？」

「アキトがひっぱってきたからでしょ」

「いや、美海は帰ったはずだった」

「アキトに帰り道を教えてなかったから」

「それでもどってきてくれた？」

「そう」

「美海って、しったげいい人だな」

アキトはハグでもしそうに近づいてきたので、あたしはベンチからあわてて立ち上がった。

これ以上ふりまわされるのはごめんだ。自分が悪かったと反省もしたけれど、やっぱり起きたことのほとんどはアキトが悪い。

竹とんぼのおじいさんをせめたてたり、卓球《たっきゅう》のおばあさんたちにけんかを売ったり。そのくせいっぽうではなつっこく寄《よ》ってくる。それで油断《ゆだん》をしているとこんどはとんでもないことにまきこまれる。

そんな目にはもうあいたくない。

アキトを見おろした。

「ねえ、なんで追っかけられたの？　あのおじさんってだれ？　なにをやらかしたの？　どんな悪いこと？　なんであたしまで追っかけられちゃったの？　そもそもなんで知らない人のおそうしきに出ようとしてんの？」

アキトの顔からは、すぽーんと表情《ひょうじょう》がぬけていた。

「どれから答えたらいい？」

「どれからでも」

「わたしが走って逃《に》げたから、あのおじさんは追いかけてきた。美海はまきこみたくなかったんで、つい逃げろっていった。それでいっしょに追われることになってしまった。あと質問《しつもん》ってなんだっけ？　記憶力《きおくりょく》がいいはずの脳《のう》みそがまだ混乱《こんらん》しててしょりできない」

「あのおじさんはだれ？」

「たぶん、式場の係の人」

「係の人を怒《おこ》らせるようなこと、やらかしたの？」

アキトは首を横にふった。

「なんも」

「ただ逃げただけで追っかけられる？」

「まぎれこもうとして、ばれた。あやしまれたのだとおもう」

「なんでまぎれこもうとしたの？」

「しんだ人がいるところだから」

この答えにはおもわずひるみそうになる。

「しんだ人って、なえくらマメさん……だっけ？」

「なえくらマメさんかどうかよくわからない。顔までは見られなかった」

「顔を見られたとしてもわかんないよね。もともとなえくらマメさんの顔をアキトは知らないんだから」

「たしかに」

「……ちょっとまって。ふつうにききながしちゃったけど、顔を見ようとした？　しんだ人だよね？　遺体《いたい》のあるひつぎにまで近づいちゃったってこと？」

「うん。近づいたらよび止められて、逃げたら追っかけられた」

見ず知らずの人のおそうしきにまぎれこんだあげく、しんだ人の顔をのぞきこもうとしてひつぎに近づき、とがめられて逃げてきたということか。

あまりにバチあたりではないか。

つかれがどっとおしよせてきた。

どさりとベンチに腰をおろし、頭をかかえた。

いったいアキトが何をしたかったのかわからない。まったく理解できない。

めずらしく、アキトが不安げな顔をする。

「だいじょうぶか？」

心配そうにのぞきこんでくる。

その目はすんでいて、白い部分も青っぽい。目と目のあいだの細い血管までうっすらと透《す》けている。

なぜか弱りはじめた生き物みたいに見えてきた。

あたしはだまって、バックパックをおろし、中をがさがさやった。

「お昼、まだ食べてないでしょ」

出かけようとした玄関先《げんかんさき》で、ばあばは残ったおにぎりとお茶を持たせてくれたのだ。とり出してアキトに手わたした。

秋の陽《ひ》はやわらかできもちがよく、知らない人からしたら、時間をずらした楽しいランチに見えるかもしれない。

アキトはおにぎりをほおばった。

犬かネコか知らないけれど、道端でまよっていた生き物にえさでも食べさせてやってるみたい。

不気味な冷たさと、すなおな人なつっこさ。近よるなというオーラをふりまきながら、いきなり間合いをつめてくる。そして信じられないことをしでかしてくれる。

このわけのわからなさをどうかんがえたらいいのだろう。

かんがえたってわからない。

他人はナゾだ。特にこいつはナゾのかたまりだ。

ナゾのかたまりがきげんよくさけぶ。

「ぼだっこ、お茶っこ、さいこうだ」

「ぼだっこ？」

「これの中身」

塩ざけのおにぎりを上にかかげた。

「米はあきたこまちだべ」

「ばあばにきいとく」

「そうしてけれ」

エビのしっぽだけをていねいに容器《ようき》にもどしたアキトは、ひざをそろえて手をあわせ、ごちそうさまでしたと頭を下げる。ひざしの中、短い髪《かみ》にできた天使の輪っかがきらりとゆれる。
なんだかずるい。
さんざんな目にあわされながら、アキトをちゃんときらうのはむずかしいのだ。

11

帰り道、アキトが知っている公民館のあたりまで送ることにした。

とちゅうで家の近くを通ることになる。

三叉路《さんさろ》が見えてきたところで、足をゆるめた。

大きなもみじの枝《えだ》がせり出している細い道。その道を少し入ったところにあたしの家がある。自分の家を通りこしてまで友人を送ってやろうとしている。もしもだれかが見ていたら、まちがいなく良い子だとほめてもらえるだろう。

そうだ、あたしは人にほめてほしいのだ。人にきらわれるのではなく、人に好いてもらいたいのだ。

「美海《みみ》の家って、このへんか？」

アキトがきょろきょろした。

「うん。あそこを曲がってちょっと入ったとこ。ばあばの家。庭ばっか広くてすごくぼろっちいけど」

「ばあばって、あのおにぎり作ってくれた、ばっちゃん？」

そのとおりだよ、アキト。あたしはともかく、あたしの善良《ぜんりょう》な祖母《そぼ》には感謝《かんしゃ》しなければいけないよ。

「おにぎりおいしかったでしょ」

「うん、うまかった。美海のばっちゃんって、今、いくつ？」

「たしか七十五だったかな」

「あと十二年か」

「なにが？」

「女の人の平均寿命《へいきんじゅみょう》まで」

「……平均寿命って」

「しぬ年齢《ねんれい》のこと」

「……なんつうことを」

油断《ゆだん》した。

「ふつういわないよね、そういうこと」

「ウソはいってない」

アキトは悪びれもしない。

「ウソじゃなければなにをいってもいいってことにはならないよ」

「そうか。れいの、空気読めってやつか」

ひとりごとみたいにつづける。

「空気読むのがそんなに大事なら、なぜ授業《じゅぎょう》にしない？　音読の時間みたいに空読《くうどく》とか。くうどくがしっくりこないなら、そらよみっていってもいい。あ、天気予報《よほう》とまちがってもいけないから、エアよみ？　いや、それだと黙読《もくどく》のことになってしまうな」

「あのさー」

前にまわって、アキトの足を止めさせた。

「こんなことといったら相手がいやなきもちになるって、わからないの？」

アキトは「わからない」といった。

「もしいやなきもちになったら、そういってくれたらいい」

「いちいちいわなくても、わかるとおもうけど」

「いや。いってくれなきゃわかんね」

「ふつうはわかるよ」

「ふつうってのも、わかんね」

「なんだったらわかるの？」

「心からのことばならわかる」

「心からのことば？　なにそれ。ばかみたい」

「だったらばかでいい」

「はあ？　これじゃ、あたしのほうが悪いやつみたいじゃん」

なぜかあせってきて、アキトをにらんだ。

アキトはとほうにくれた顔をしていた。

ほんとうにわからないのかもしれない。いっていいことと悪いことのさかい目が。

このまっ黒いあめ玉みたいな瞳《ひとみ》では見えないのかもしれない。

でも、にがてなものはこくふくしたいと、アキトはいつかいっていた。炭酸《たんさん》だってのめるようにがんばっていたではないか。

見えないのだったら見えるようにしてほしい。相手にどうおもわれるのか、わかる努力をしてほしい。正直なせいで人にきらわれてしまうなんて、そんなおかしな目にあいたくはないはずだ。

そうおもうものの、なぜかすっきりしない。

あたしは頭をぶるんとふるって、また歩き出した。

頭の中がごたついてきたら、とりあえず歩くのだ。ほんとうにかんがえなくちゃいけないことがわかってくる。足をとんとんと動かすうちに、どうでもいいことはふるいにかけたみたいに落っこちて、大事なことだけが残ってくるのだ。

やみくもに歩いていたらつまずき、とっさにアキトに手をつかまれた。

つかまれて立ちどまったら、ひとつの疑問が胸にひっかかって残っていた。

自分はどう？

あたしは人にきらわれないよう、いやなきもちにさせないよう、そればかりを気にしていた。

自分のきもちは、ほったらかしのままで。

それでよかったのかな。

人にきらわれる前に、自分をきらいになったりしないのかな。ほんとうにだいじょうぶなのかな、あたし。
「だいじょうぶか？」
アキトがあたしの目をのぞきこんでいた。
ありえない。自分で自分をきらいになんてなるはずがない。
「平気だよ」
つかまれていた手を離《はな》した。
また先に立ってずんずんと歩きはじめた。
家への道を曲がらずに、大きなもみじのそばを通りすぎた。
もみじの葉っぱに、ひざしが赤く透《す》けている。
あの道を曲がった先には古い家がある。
そこにはばあばがいる。いつでもあたしの帰りをまっていてくれる。
おかえりの声、料理のにおい、あったかい部屋、毎日まちがいなくあるはずの時間。
平均であと十二年とアキトはいった。
いってはいけないことなのに。
もしもいつか起こること、ホントのことだったとしても、いったらいけないこともあるのに。

そんなこともわからないアキトは、どうしたってまちがっている。

正さなくちゃならないのはあたしじゃなくて、やっぱりアキトのほうだ。

公民館の見える交差点までやってきた。

「ここまで来ればわかるよね」

「ここって?」

アキトはきょろきょろして、まだよくわからない顔つきだったけれど、あたしは信号を指さした。

「ほら、あっち。早くしないと信号が赤になっちゃうよ」

アキトはよろけるように、あわてて交差点をわたっていった。

いっしゅん、まよった子犬を放した気分になった。

12

家にもどると、やはりばあばはちゃんとまっていた。どこにもいなくなったりせず「おかえり」と出むかえてくれた。

あたり前のことだ。

十二年先になったたって変わらずに、こうしておかえりといってくれるにきまっている。

ばあばは夕飯のおかずをつくっているところだった。

あったかいゆげといつものおいしそうなにおいが家中にただよっている。

荷物を肩《かた》からおろしていると、ばあばがいった。

「美海《みみ》、風《かぜ》の丘《おか》ホールの近くに行ったんだって？　そこで追いかけっこをしたんだって？」

びっくりして手が止まった。

「なんで、知ってるの？」

「そうぎ社の人から電話があったんだよ。ホールに来てくれた子が逃《に》げちゃったって。その子がおたくのお孫さんと走りさるのを見たって」

「え？　そのそうぎ社の人って、ばあばの知ってる人？」

「中学の後輩《こうはい》」

ばあば、おそるべし。生まれてからずっと地元だったばあばの交友の広さをナメていた。

ばあばがいうには、この町でハデに動けば、くもの巣みたいにどこかでからまってくるのだそう。

それにしても、孫の顔まで知られていたとは。どんだけせまい町なんだ。

「なくなったマメさんのご家族がふしぎにおもったらしいよ。知らない子だったから」

「それで、追っかけてきたの？　それだけで？」

「マメさんとどういう関係か、みんな知りたがったんだって。しんせきでもない知らない子は目立つから。それで係の人がつれもどそうとしたみたい。あのおじさん、中学では陸上の県大会に出たもんだから、きっとすぐに追いつけるとおもったのよ」

あんなに太っちゃったらむりよねえ、と笑う。

いや、笑えないから。

「話をしたいだけなら、あんなにきびしい顔で追っかけないでほしいよ」

どんなにこわかったか。

「そうそう、なんでもね、その子が手紙みたいなものを持っていたんだって。それをマメさんのひつぎに入れようとしたのが見えて、声をかけたら逃げちゃったらしいのよ」

「手紙?」

どういうことだろう。

ばあばは、鍋《なべ》にしょうゆをこぽこぽ入れる。

「逃げた子って、美海が話していた子? アキトちゃん?」

「そう」

「転校してきた子よね。だったらマメさんとは関係ありそうにないわよね」

「うん。知らない人だっていってた」

「ご家族にしたらふしぎよねえ。小六の子がマメさんといったい何があったのかって」

「あたしだってふしぎだよ」

「家族も、生きてるあいだに、もっと話をきいてやればよかったって、くやんでいるかもしれないね」

「でも、そんなのって、自分からいってくれなきゃわかんないよ」

いってくれなきゃわかんない、さっきアキトがいってたことばだ。

あたしは、おにぎりの容器《ようき》をとり出して、流しで洗《あら》いはじめた。

いったい手紙はなんだったのだろう。しんだ人に、何を伝えようとしたのだろう。

かんがえたってわからない。ナゾは深まるばかりだ。

水道を止めた。それから横にいたばあばのエプロンで自分の手をふいた。

間近でながめたばあばの顔は、昼よりもさらにしなびたように見えてどきりとした。

あわててぶるぶると頭をふった。

あたしの不安に気づくこともなく、ばあばは「よしっ」といって、鍋の火をパチンと止めた。

青く燃《も》えていた火はいっしゅんでなくなり、すうーとあとかたもなく、消えてしまった。

13

つぎの日、遊びに来ていたヤエちゃんといっしょに、ばあばの車でショッピングモールにむかった。モールのすぐ近くに住むヤエちゃんを、買い物ついでに送っていくことになったのだ。

ばあばが買い物をしているあいだ、ヤエちゃんとポップコーンを食べることにした。

あたしはキャラメル味を買い、ヤエちゃんは明太子《めんたいこ》フレーバーをえらび、通路にあるいすにふたりですわった。

店のガラスケースの中で、ポンポンとはぜているポップコーンを見ながらヤエちゃんはいう。

「うちは気づいてしまった。コーンでもなんでも、ばくはつさせるとおいしくなるって」

「ばくはつ？　ポップコーンのほかにある？」

「お米。ポン菓子《がし》もそうじゃん。おいしさばくはつだよ」

「そうか、ヤエちゃんってばくはつが好きってことだ」

「美海《みみ》だって好きじゃん、ポン菓子」

そうだっけ？　ヤエちゃんにはそういったんだっけ？

あいまいにうなずいて、店にあったアニメのポスターに目をやった。

するとヤエちゃんの話題はアニメにうつり、そのあとで声優《せいゆう》の話になった。

今の夢《ゆめ》は声優になることだという。

夢を語るのがヤエちゃんは好きだ。なりたいものがいつもころころと変わるけれど、その分、たくさんの未来があるようで、きいているのは楽しい。

「そんでね、美海もすごくいい声してるとおもう」

「ええ？」

「美海も声優になったらいいとおもうんだ。ぜったいにせいこうするはずだよ。ね、うちといっしょにめざそうよ」

「あたしがいい声だなんて、はじめてきいたよ」

どうやら今回は、ヤエちゃんの夢にあたしも引きこむつもりらしい。

「自分で知らないだけだよ。だって、美海は自分のホントの声を知らないんだから」

あたしはポップコーンを口にほおばった。

「自分の声なんて、知ってるし」

「ところがちがうんだな。美海がきく自分の声と、うちらがきく美海の声とはちがうんだな」

「どういうこと？」

ヤエちゃんは、自分のこめかみをつんつんやった。

「美海がきいている声は、美海のずがいこつの中でしかきこえない声。ナマの声を、本人がきくことはできないんだよ」

「だったらホントの声ってなに？　ヤエちゃんたちがきいてんのと、自分がきいてんのと、どっちがホンモノ？」

ヤエちゃんは笑った。

「みんながいいっていうなら、そっちでよくない？　そっちがホンモノだとおもえばよくない？」

自分にどうきこえるかなんて関係ない。みんなにきこえている声がいいというなら、そっちをホントとおもえばいい、かんたんなことだよ、と。

「そうか。なるほど」

ホンモノのあたしなんて気にしなくていいのか。みんなの中にいるあたし、みんなにきこえている声、みんなに見えているすがた、それが自分でかまわないのか。

でも、そうなのかな……それでホントにいいのかな。

よくわからなくなっていたら、

「見て、あそこ見て！」

と、ヤエちゃんが通路の先を指さした。

見ると、人だかりができている。

何かのせんでんか、着物の女の人がにこにこしながら歩いていた。ピンクの和服に笠《かさ》をかぶり、肩《かた》からタスキをかけている。

ひときわ大きいかんせいがあがった。

のびあがって見ると、女の人のうしろからコスプレした大きな鬼《おに》があらわれ、人々がその通り道をあけている。

いや、鬼に見えるけれど、着ているものからしたらたぶんなまはげだ。

笑顔《えがお》のお面をつけた一匹《ぴき》のなまはげが、藁《わら》でできた衣装《いしょう》をつけ、「あきたこまち」と書かれた旗を手にのし歩いている。

男鹿《おが》で会ったなまはげとはイメージがぜんぜんちがう。モールのまばゆい照明の下で見るすがたはコミカルで、お面の顔は楽しげだ。

みんなに近よって小さなふくろをやさしく手わたしている。だれもこわがる子はいない。子どものひとりが、くばられたふくろを上にかかげて、あたしたちの前を通りすぎた。きれいな色のアラレが見えた。

ふたりでながめているうちに、一行はスーパーにむかう通路を曲がって行った。もう気配もきこえないほど離《はな》れたころ、ヤエちゃんがいった。

「アラレ、くばってたね。もらえばよかったよ」

「うん。きっとあきたこまちのアラレだね」

「そうそう美海、それで思い出した。駅ビルにさ、気になるお店ができたんだよ」

アンポンタンというシリアルの専門店《せんもんてん》だそうで、雑穀《ざっこく》パフとかポン菓子とか種類もいろいろで、おいしいとひょうばんだという。

「ねえ美海、いっしょに行こうよ。うちらポン菓子ファンとしたら、早く食べてみんなに広げなきゃ、じゃんね。ね、いつ行けそう？」

あたしがポン菓子ファン？　いつからそうなったんだっけ。

「ね、美海、うちらでポン菓子クラブとかつくってみない？　発信したら楽しくなりそうだよ」

自分の中で、ポンと何かがはじけた。

ヤエちゃん、ちがうよ。

好きじゃない。ポン菓子なんて、お米なのにお菓子のふりをしているし、あまさはハンパでものたりない。小さすぎて食べるのだってめんどくさいし。見た目も地味でかわいくない。あたしは好きじゃないんだよ。

ウソをついていたんだ、きらわれたくなくて。

うしろをふりかえって見た。

ワルイコはいねが、ウソつくコはいねが、となまはげが追っかけてくるような気がした。

おもいきってあたしはいった。

「あたし、ポン菓子って好きじゃない。てか、もともときらいだった。だからアンポンタンには行きたくないし、ポン菓子クラブなんてつくれない」

びっくりしたのか、ヤエちゃんはぽかんと口をあけた。

ポップコーンの皮が、あたしの歯ぐきにチクリとささった。

「ごめん。悪くて、いえなかった」

ヤエちゃんは何も答えずあけたままの口に、ゆっくりとポップコーンをほうりこんだ。いくつかは前歯にあたってひざの上に落っこちた。

うつむいたヤエちゃんは、ひざに落ちた粒をつまんで口に入れた。

「知らなかった。ごめん」

顔をあげた。

「けど美海、それを先に教えてよ」

くったくのない笑顔だった。前歯にポップコーンの皮がはりついていたけれど。

「わかった。こんどからはちゃんという」

あたしはふくろをさかさまにして、いっぺんにほおばり、お茶をぐびぐびのんでふうっと息をついた。

店先のポップコーンは盛大《せいだい》に舞いあがった。


ばあばと待ち合わせていた時間になった。

ヤエちゃんとモールの出入り口に着いた。

ここからすぐのところにヤエちゃんの家がある。

「美海、アンポンタンじゃなくて、どっかちがうとこに行こうね。どこに行きたいか、かんがえといてね」

「うん」

「それと、声優養成所のパンフ、こんど見せてあげるね」

「それは、いらないかな」

「わかった」

ヤエちゃんは手をふった。

外のイルミネーションがパッといっせいについた。


ばあばの買ったものをトランクにつみ終えると、あたしは助手席にすわった。

もう近場のきまった場所しか運転しないばあばは、しんちょうにハンドルをにぎっている。

「さっきなまはげがいたよ、ばあば見た？」

「え？　見なかったなあ、ざんねん」

「最近なぜかやたらになまはげがからんでくるの。あたしのことを追っかけてるみたいでこわいんだけど」

「小さい時に見たなまはげが、よっぽどおそろしかったんだねえ。かわいそうに」

「ほんとだよ。子どもをひどい目にあわせる神さまってどうなの？　神さまっていうより、やっぱり鬼じゃないの？」

「うん。最初は鬼だったっていう説もあるのよ。起源《きげん》っていくつかあるらしいんだけど、その中で人間にだまされたっていうのがあってね……」

ばあばが話のひとつというのをきかせてくれた。ただし運転中なので、かなりおおざっぱであやしいものだったけれど。

話というのはこうだ。

昔、どこかの王さまが、秋田の男鹿半島に五匹の鬼をつれて来て、平和な国をつくろうとした。鬼たちは村人と仲よくしようとけんめいにはたらき、畑を広げ、道をつくった。

しかし人間のほうは、人とちがうすがたをした鬼たちをきらい、逃げまわった。鬼は悲しくてあばれ、ますます人にきらわれた。

やがて村人は鬼を追いはらう作戦をたてることにした。一夜のあいだに千段《だん》の階段をつくってほしいと鬼に頼んだのだ。一夜でつくれたら仲よくするが、つくれなかったら人の前にすがたをあらわさないと約束をさせて。

鬼たちはよろこんで階段をつくった。九百九十九段までをつくったところで、人間はにせものの鶏《にわとり》の声をきかせ、夜があけたと信じこませた。

鬼たちはくやしくてあばれ、なげきながらも約束を守り、山に去って行った。

しかしそのあと、村人は鬼をだましたことを悔《く》やみ、鬼のために山にほこらをつくってまつることにした。

それからは人間の良くない心をしかる、なまはげという神として、一年に一度、山からおりてきて、家々をおとずれるようになったという。

「ふーん」

その話はちょっと意外だった。

「なまはげ、かわいそう。仲よくしたかったのにきらわれちゃうなんて。人間のほうが悪かったたってことじゃん」

「人とちがっていると、ついはじき出そうとしちゃうのかしらね」

「人って、昔からいじわるだったのかな」

「でも結局は神さまとしてまつるようになったんだから、良かったんじゃないの。人はまちがいもするけど、ちゃんと正すこともできるってことだから」

あたしはうなずいた。

正すことができるというのはいいな。なんだか勇気がわいてくる。

14

土曜日、近くの山では雪がふったらしい。

窓《まど》から見える青い山なみの、てっぺんあたりが今朝は白くなっている。

今日の書道の手本は「優しさ《やさ》」だった。

「優《ゆう》」という字は、むずかしい。

「優しいという字は、そのいみとは反対に、書こうとすると、やさしくないですね」

八木《やぎ》先生がまわってきて、あたしのうしろに立った。

「いつにもまして、げんきな字ですねー」

先生がいう。

「へんはにんべん。優の右がわは憂《うれ》えるという字。憂えるというのは、なやむとか悲しむといういみです」

先生は赤い墨《すみ》で直しながら教えてくれた。

「なやみ悲しむ人に、人がよりそう……それが優しいという字です」

そうなんだ。なやみ悲しむ人によりそうのが優しさ。

げんきなだけでは表現《ひょうげん》できない文字かもしれない。

八木先生はつぎの机《つくえ》にむかった。

少し下がり、手をうしろに組んでアキトの書いた字をながめる。

「うん。いいですね。すなおなこころもちがよくあらわれている字です」

それから片手《かたて》をあごにもっていき、ゆっくりとひげをなでる。

八木先生のあごひげは、細くて白くてほんもののヤギみたいだ。うまく書けた字には「なかなかいいメー」といったりする。

案の定、先生はいった。

「よく書けてるメー」

こんなひえびえさせる先生だけれど、実はりっぱな書道家である。みんなの尊敬《そんけい》を集めているえらい人なのだ。

つい最近も何か大きな賞《しょう》をとり、今日はそのおいわいをすることになっていて、たくさんの人がかけつけてくるらしい。

八木先生の字は、先生の性格《せいかく》の良さ、人格の高さがにじみ出ているという人までいる。

そんなもんだろうか。

小太郎《こたろう》も性格が良いといわれる、さすがに八木先生の孫だけあると。でも、きっと八木先生は人の悪口はいわないだろうに、小太郎はアキトを悪くいった。正義感《せいぎかん》からだまっていられないというように。

良い性格かどうかを計るモノサシなんてアテにはならない。ゴムでできているみたいに、そのときによってのびたりちぢんだりするのだ。

あれこれかんがえると心が散らかっていく。そんなときには墨《すみ》の香りをいっぱいにかぐ。すると、だんだん落ちついてくる。

先生はひっそりとした足音で、アキトのそばを離《はな》れていく。

アキトはその一枚《まい》を完成作ときめたらしい。

小筆に持ちかえて、自分の名まえを書き入れていた。

亜希人《あきと》という名は画数が多い。

そこだけはまるで、からまった黒い毛糸のようにこんがらがって見えた。

教室が終わり、あたしとアキトは、のみものを手に公民館の外に出た。駐車場《ちゅうしゃじょう》につづく階段《かいだん》にすわった。

今日は八木先生のおいわい会が別の会場であり、ふたりともここでむかえの車をしばらく待つことになっていた。

あたしはコーンポタージュの缶《かん》をあけた。

「はじまるまで、けっこう待たされるらしいんだよね」

「ふうん」

「小太郎のおとうさんがつれてってくれるんだって」

ふうん、とアキトは気のない返事をくりかえし、まずそうにソーダをのんでいる。行きたくないのが見え見えだ。

「あのね、小太郎ってね、去年まで八木先生に習ってたんだよ」

「小太郎って、なんで教室をやめた？　才能《さいのう》がなかったからか？　字がめっちゃヘタだった？」

「そうじゃなくて、サッカーがしたくてやめたんだよ」

「どっちも上手ならどっちもやめない。そのほうが合理的だ」

「練習日が同じだったのかな？　よく知らんけど」

「よく知らんのか」

アキトは盛大に炭酸《たんさん》のゲップを吐《は》いた。

「そうそう、今日はおいしいものが出るんだって。どっかのごはんやさんに行くらしいよ。教室のみんなでお店をのっとるんだって」

「のっとるとはいわない。貸《か》しきるっていう」

「はいはい」

ふきげんモードをかくそうともしないアキトに不安がよぎる。

心配になっていたところに車が止まった。

中からぼとんと落とされるようにだれかがおりてきた。

こちらにむかって歩いてくるのは、なんと小太郎だ。

またまためんどくさくなりそうだと、不安が増した。

しかし小太郎はとてもしぜんに、やあと手をあげる。

「ここで待つようにって、とうちゃんにいわれちゃったよ」

「小太郎もよばれてたんだね」

「じいちゃんから、てつだえっていわれて来たけど、なんかとうちゃんにじゃまにされたっぽい。準備《じゅんび》ができたらひろいに来るって」

じゃまものにされるくらいなら来なけりゃいいのに、とアキトがいいださないかとあせり、あたしは早口でまくしたてた。

「そりゃそうだよね、おじいさんのおいわいだもんね。孫が知らん顔はできないよね。しかも書道教室の教え子だったわけだし、来ないわけにはいかないよ。それがふつう、じょうしきだよね」

近所のおばさん顔まけに気をつかっているうちに、もしかしたら、と気づいた。もしかしたら、性格が良《い》いといわれる小太郎のこと、アキトと仲よくしようと自分から来てくれたのかもしれない。

小太郎は寒そうに、ジャケットのえりをあわせる。

「なんかうまいもんくわせてくれるっていうから来たんだ」

そのことばがどこまでホントなのかはわからない。

ホントのことばとウソのことばはきっとまぜこぜだ。ホントだけれどウソが少しだけまじっているとか、半分がホントで半分がウソだとか。話している本人にだってよくわからないのかもしれない。

風がひゅうっとふいてきた。

つめたくて、三人とも身《み》をちぢめた。

「なんかあったかいのみもの、買ってこようかな」

小太郎はあたしたちの手もとをのぞきこみ、「寒いのにソーダなんだ」と、アキトにいった。

さすが小太郎、自分からアキトに話しかけてくれた。

しかしアキトのほうはだんまりなので、あたしはまた口をはさんだ。

「そういえばあったかいソーダってないよね？」

「それな。あったかいソーダっていいよな。画期的？　おれ、つくろっかな。会社つくって社長になって大儲《おおもう》けできるんじゃね？」

「あはは。それは小太郎でもむりでしょー。あったためたら炭酸ってぬけちゃうよ。ねえアキト？」

むりやり話をふると、やっと返事がかえってきた。

「つくれる」

「おおっ、つくれるんだー、おれ富裕層《ふゆうそう》の仲間入りしちゃう?」

小太郎がおおげさに応《おう》じたのにもかかわらず、アキトはあいそもなくいってのけた。

「あっためても少しは炭酸が残る温度にすればつくれないことはない。でも大儲けはできない。なぜならホット炭酸はすでにあるけど、人気《にんき》は出なかった。だから今さらつくっても売れないはず。会社をつくって社長になっても損失《そんしつ》しか生みださないので富裕層の仲間入りはありえない」

あたしと小太郎はだまりこんだ。

小太郎はポツリと「なんかのどかわいた」と、自販機《じはんき》のある建物のほうにふらりと行ってしまった。

残されたあたしは、だまってポタージュをちびちびやった。

アキトのほうは、何もなかったように横の木を指さす。

「これ山桜《やまざくら》の木だ。なんか秋田を思い出すな」

気のない声であたしは答えた。

「へえ、秋田を思い出すんだ」

「うん。秋田のじっちゃは、かば細工の名人だから」

「じっちゃって……アキトにおじいさんがいたの？」

「いる。だれだって二人くらいは」

そういえば、いつかきいたことがあったっけ。じっちゃの生まれたのが男鹿《おが》だったとか。

「そのおじいさんがなんだっけ、え？　ばか細工？」

「ばか細工じゃなくて、かば、かば細工……美海《みみ》、わざといってる？」

「ちがうよ。なに？　かば細工って」

「かばからつくる細工のこと」

人の手のあぶらがしみこみ、長く使えば使うほど美しくなる工芸品なのだそう。そうきいてもまるでぴんとこないけれど。

「それで、かばをどうするの？」

「皮をはがしてつかう」

「かばの皮をはがす？　なんかかわいそう。けど秋田にかばがいるの？」

アキトは横目でこっちをにらんだ。

「動物のかばじゃない」

「じゃ、どのかば？」

「はがしてつかうのは木の皮」

アキトは立ち上がった。そして階段にまで枝《えだ》をのばしている木の幹《みき》を、手のひらでパンパンとたたいた。

「この山桜の木の皮を樺《かば》ってよぶ」

「樺って桜の木のこと？」

「樺の木ってのは別にあるらしいけど、樺細工は山桜の木をつかう。茶筒《ちゃづつ》とかゲタとかおぼんとか。秋田の伝統工芸品《でんとうこうげいひん》なんだ。じっちゃはそういうのをつくってる」

「ふーん、そうなんだ」

まぶしさに目をしょぼつかせて見あげた。

今はわずかな葉っぱをつけているだけの木。黒い枝を広げているこの桜は、春になるときれいな花でみんなを楽しませてくれる。そのうえゲタやおぼんになれるなんて、えらい木だなあと感心した。

小太郎がもどってきた。

自販機ではあたたかいココアをえらんだようで、熱そうに缶を右手と左手にころがしながらやってきた。そして、あたしのところから少し上に、よっこらしょっとわざとらしい声をあげてすわりこんだ。

あたしは小太郎にむかって「あのね」と頭をそらした。

「あのね、アキトのおじいさんって樺細工っていうのをつくってんだって」

桜の木を指さした。

「桜の木でつくるんだって」

アキトもあたしの横にもどって腰《こし》かけた。

「うん。山桜の花はきれいだけど、幹ってざらざらできたなく見える。でも、この幹もじっちゃの手にかかれば、美しく変身する」

小太郎が身をのり出す。

「変身するって、なんかヒーローみたいだな」

アキトはにべもない。

「ヒーローではない」

「知っとるわ」

「山桜の幹の皮をやぶらないようにすーっとはがして、ほうちょうで表面をけずる。きれいな層が出てくるまでけずる。そうするとザラザラがとれてピカピカになる」

「ザラザラが、ピカピカに？」

「そう。そのあとでコテっていう鉄の道具を使って細工するんだ」

アキトは身ぶり手ぶりをまじえて話し出した。こうなるといつにもまして自分の世界に入りこむ。

「そのコテをまず火に入れて熱くする。それからそいつを水の中につっこむ。しゅんかん、じゅっと音をたててゆげがあがる。部屋ん中がぼわーってなる。火とけむりでじっちゃは魔法使《まほうつか》いみたいになる」

ぼわーっというところで両手をあげた。

「じっちゃ、その熱いコテを自分のほっぺたに近づけるんだ。ちょうどいい温度になったかどうか、ほっぺたで熱さを計るため」

「やだ。ほっぺたで計る？」

いつもはらはらしてしまうそうだ。ほっぺたにコテがくっつきやしないか。はだを焼きはしないか、と。

「じっちゃの眉毛《まゆげ》なんか長いから、焼けそうで」

小太郎が心配そうにたずねる。

「まちがってくっつけたりしないの？」

「しない。じっちゃ、名人だから」

「名人って、なんか気むずかしいイメージがあるけど、こわくないの？」

「ううん。ぜんぜんおっかなぐね」

いつも「おもしぇが？」と笑ってくれるのだという。

「じっちゃのほっぺたにある笑いじわが、目じりから口の横までのびてんだ、しゅって。刀でつけられた傷《きず》みたいに深いんだ。笑ってねえときだって消えないんだぁ、痛くないのかってふしぎなくらい」

アキトはおそるおそるしわにさわったこともあるという。するとますます笑うのでしわはますます深くなる。

あたしはポタージュをかむみたいにゆっくりのんだ。のどからおなかまで、じんわりとあったかくなる。

アキトが、いつもよりあたしと小太郎の近くにいる気がする。

「アキトのじっちゃって、やさしいんだね」

「んだ」

「それで、魔法使いみたいなんだな」

小太郎のことばに、あたしもうなずいた。

「いつか会ってみたいね」

アキトは答えた。

「それはむり。もうしんだから」

15

アキトのじっちゃがたおれたのは、あの感染症《かんせんしょう》が広まっていった時だったそう。そのせいで面会はゆるされず、なくなったあとのおそうしきさえもできなかった。だから、もういないということがアキトにはよくわからず、今もずっとわからないままでいるという。

「じっちゃに電話すると、大きな声でげんきでいるがって、かならずいってくれた。それがいくら呼《よ》び出《だ》してもじっちゃは出ない。なんかそれがへんで。耳の中にはじっちゃの声がちゃんときこえてくるのに」

アキトは遠くに目をやりながら話す。

「遊びに行くと、きまってじっちゃといっしょに釣《つ》りに行っていたんだ。けど、あの日だけはいっしょに行かなかった」

その日、じっちゃの家で、アキトはつまらないことでおかあさんにしかられた。止めに入ったじっちゃにもつい悪態《あくたい》をついて、約束していた釣りにも行かなかった。

それでもアキトはじっちゃにあやまらなかった。

そしてひとりで出かけたじっちゃは川でころび、目じりに傷《きず》をつくって帰ってきた。血もにじんで痛《いた》そうだったのに、「たいしたごどね」とあわててばんそうこうをはってかくしたという。

「へんなペンギンの絵がついてるばんそうこうで。わたしのために幼児用を買ってたから……もうそれでよろこぶような年でもなかったのに」

それを見てはじめて、悪いことをしたと気づいたそうだ。

「駅で見送ってくれた時、わたし、ホームに立ったじっちゃにごめんってあやまろうとした」

しゅんかん、電車のドアが閉《と》じてしまった。

ドアのガラスのむこうで、じっちゃが何かいったらしい。

「口が動いていたのに、わからなかった。それで発車してしまった。じっちゃったら、ホームのはしっこまでついてきていっしょうけんめい手をふってくれたけど、すがたはひゅーんと小さくなって。それでおしまい。それがじっちゃを見たさいごになってしまった」

話しながら、こぶしをにぎったりひらいたりしていた。

アキトはなんだか怒《おこ》っているように見えた。

そういえば、アキトはいつも何かに怒っているみたいだった。

なぜじっちゃに会えないのか。なぜ声がきけないのか。なぜ早くあやまらなかったのか。いろいろなことが納得《なっとく》できていないのかもしれない。

それは悲しいのとはちがうのだろうか。

それとも悲しむかわりに、怒るのだろうか。

話し終わるとアキトは立ち上がり、苗木《なえぎ》みたいにまっすぐなしせいで空を見あげた。

あたしも頭をそらせて、上をながめた。

青いガラスのような空に、ひび割《わ》れみたいに黒い枝《えだ》が這《は》っている。今にもぴきぴきと音をたてて、空のかけらが落ちてきそう。

するとかけらではなく、かれた葉っぱが一枚《まい》、はらりと落ちた。

びくっとアキトが肩をすぼめた。葉っぱはアキトの頭から肩《かた》をなでてやるようにすべり落ちた。

アキトがふりかえった。

あたしたちがいることにやっと気づいたみたいに、ふたりを交互《こうご》に見た。

「なんか、へんな話をきかせてしまったな」

小太郎《こたろう》が首を横にふった。

「ぜんぜん。へんな話じゃないよ」

小太郎のほうが、泣くようなうようなおかしな顔つきだった。

するとアキトは階段《かいだん》を上がった。

そして、すわっていた小太郎のもとに行くと右手をさし出した。

小太郎も立ち上がり、出されたアキトの手をにぎった。

握手《あくしゅ》はことばのかわり。あたしは胸《むね》が熱くなった。

ひとしきりにぎったあと、小太郎はアキトの手をそっと離《はな》した。この手を離しても、ずっと心は離《はな》れない、そんな小太郎のきもちが伝わってきた。

ところが、アキトのほうは手をひっこめない。

小太郎は、またその手をあわてててつかまえて、上下に大きくふった。

腕《うで》から首までぐらぐらゆらされながら、アキトがいった。

「握手もいいけど、あいた缶《かん》をわたしてほしいんだ」

ぽかんとする小太郎の左手からココアの缶をぬきとると、よういしていたビニールぶくろにほうりこんだ。

アキトは、つぎにあたしのところにおりてきて同じように右手をさし出す。

「のみおわった缶をわたしてほしい。もうすぐ車が来る時間だから」

そうだった。

飲料缶のゴミは持ち帰るのがアキトの鉄則《てっそく》だった。だれかが手にしたあき缶やペットボトルは気になってしかたがないのだ。

「なんだよ、握手じゃなかったんかい！」

さわぐ小太郎をあたしはなだめにかかった。

「アキトはゴミの持ち帰りにきびしいの。缶が気になってしかたがないんだよ」

「サステナブルかよ！　わかりづらいわ。手をさし出されたらにぎっちゃうだろ、とりあえず」

「こだわるところってだれにもあるよ。わかってやって」

「わかってやれっていわれたって、ちゃんといわなきゃわかんねえって」

あたしはアキトに顔をむけた。

「ちゃんといわなきゃわかんねえ、だってさ」

アキトはきょとんとしている。

そうだよね、ちゃんといわなきゃわかんないよね。

小太郎はじだんだをふむ。

「なんでだよ、なんできょとん顔なんだよ」

アキトが自分の鼻を指さす。

「わたし？　今って、わたしがあやまるとこ？」

小太郎はちょっとかんがえた顔をして、ストンと脱力《だつりょく》した。

「いや。あやまらなくていい。勝手にかんちがいしたのはこっちだった」

アキトはそくざに「その通りだ」とすまして背《せ》をむけた。そしてふくろをぶら下げて
さっさと階段をおりはじめてしまった。

あき缶がぶつかって、カラポコと楽しげな音がひびきわたる。

小太郎がつづいておりる。ごまかしたいのかふてくされているのか、わざと手足をバ

ラバラにほうり出して。
そのマリオネットみたいな動きに、あき缶の鳴る音がみょうにぴったり合っていて、
あたしはひとりで笑ってしまった。

16

ワゴン車が駐車場《ちゅうしゃじょう》に入ってきた。

運転席には小太郎《こたろう》のおとうさんがのっていた。

助手席には教室でいっしょに習っているおじさんがすわり、こちらに手まねきをしていた。

ワゴン車の中、あたしたちは三列シートの一番うしろにならんでつめこまれた。

八人乗りの車の中で子どもは自分たち三人だけ。

まんなかにいたあたしは、アキトに顔をむけた。

「ねえ、教えてくれるかな？」

気になっていたことを、ぜんぶきこうと決めていた。

「アキト、おそうしきを見たがったでしょ？　あれはなんで？　訃報《ふほう》を集めるのはなんで？　それからお年よりにひどいことをいっちゃうのはどうして？」

「どれから答えたらいい？」

「どれからでも」

いつかも同じ会話をしたっけ。

あたしたちの毎日はほとんど同じことのくりかえしだ。

でも、ちょっとずつちがっていくこともある。今まで知らなかった人のことを、少しずつわかっていく日もあるのだ、こんなふうに。

アキトは小さな声でつぶやいた。

「そうしきを見たかったのは、しぬ人がほんとうにいるのを実感したかったから。訃報も同じ。たくさんの人が毎日いなくなっていくのを確《たし》かめたかった。見たらあきらめがつくかもしれないとおもった」

しんだ人の名まえがたくさんのっているのを見ると、じっちゃだけじゃないのだと、つらいきもちがラクになることもあったという。

「なくなるのが若《わか》い人のときはぜんぜんちがう。見るんじゃなかったってこうかいした。息をすわないように呼吸《こきゅう》を止めたりした。訃報の紙にさわるのもいやだった」

「それは、わかる」

それからアキトはきゅうくつそうにからだを動かした。

「お年よりにひどいことをいっちゃったのは、うらやましかったから」

そうか。

じっちゃはしんでしまったのに、なんでほかの人は生きているのかとうらやましくなったのかもしれない。あたしだって、もしもそれがうちのばあばだったら、ほかの人をうらめしくおもってしまっただろう。

「うらやむ」が「うらむ」に似《に》ているみたいに、「うらやましい」は「うらめしい」に似ている。うらめしいって、おばけのきめゼリフだ。頭の中に、へびみたいににょろにょろしたひらがながうかぶ。

「げんきな老人を見ると、不公平におもえた。なんでわたしのじっちゃはしんでるのに、この人たちは――」

いきなりわっとかんせいがあがった。前にいる人たちに何かおもしろいことがあったらしく、いっせいに笑い出してアキトのことばがかき消された。

アキトは口をつぐんでしまった。

たすけ船を出そうとしたのか、横にいた小太郎がかわりに声をあげた。さわがしさに負けまいと、大きな声でどなるように。

「げんきな老人を見るとくやしくなるってことだろ？　なんでこいつらだけそんなにピンピンしてんだって頭に来るんだろ？」

ちょうど笑いがおさまったタイミングだったので、車内がしんとしていた。

前のお年よりたちがもめはじめた。

「ほら、あんたの声が大きすぎるんだって」

「いかん。補聴器《ほちょうき》のぐあいがよくなくて」

運転席にいる小太郎のおとうさんが、ミラーごしににらんできた。

「こら小太郎、あやまれ！　……すいません、息子《むすこ》がしつれいなことを」

「いやいや、怒っちゃいけません」

「わしだってげんきなだけの老人には腹《はら》が立ちますよ」

小太郎とあたしは「ちがいます」とうったえたけれど、みんなのいきおいの中では、弱々しいスズムシの鳴き声と変わらない。

ひとしきりさわいだあと、車内の話題はコロコロとうつっていく。

「小太郎くんはいずれ八木《やぎ》先生のあとをつぐのかしら?」

「そうなれば安心でしょうね」

「そんな先のことまでまだわからんよ。なあ小太郎くん」

「まだ先がわからないとは、実にうらやましい」

そんな調子で、だれかが小太郎に質問《しつもん》してきても、だれかがかわりに答えてしまう。

「こら小太郎、ちゃんと返事をしなさい!」

目をしろくろさせている小太郎を見ているうちに、じわじわとおもしろくなってきて、口をおさえて笑ってしまった。

アキトもうつむき、パーカーをひっぱりあげて口もとをうずめている。

出っぱった後頭部がふるえ、肩《かた》がこきざみにゆれている。

アキトがこんなふうに笑うのをはじめて見た。

17

かなり走り、山が近くなったとおもうころ、広い駐車場《ちゅうしゃじょう》に止まった。

和風レストランというのだろうか、田舎風《いなかふう》の大きな建物の前にランチと書かれた旗が何本もあり、「はたはた屋」というかんばんが立っていた。

小太郎のおとうさんがいった。

「秋田料理の店です。しょっつる鍋《なべ》がうまいんです」

あたしはおもわずつぶやいた。

「また秋田だ」

なぜこんな偶然《ぐうぜん》が、つづくのだろう。ポカンとするあたしを小太郎がうしろから押し、みんなでぞろぞろと車をおりた。

かやぶき屋根がみごとだとか、一度来たいとおもっていただとか、みんなくちぐちにおしゃべりしながら駐車場から店にむかう。

空はキンと晴れていて、山がくっきり見えた。

ふわりと白く小さなものが舞《ま》ってきた。

「あれま、雪だわ」

だれかがいい、

「いや。風花ですよ」

とだれかが答える。

「山の雪が風にのって舞ってくる、山からのたよりですな」

「風花なんて、めずらしいこと。今日はとくべつの日ということでしょうね」

とくべつの日。

なぜかそのことばが胸《むね》に落ちた。

ちらちらと落ちてきた白いものを手のひらにのせた。

手の上で雪はあっというまに消え、きらりと光る小さな水のつぶになった。

山からここまで舞ってこられたなんて、奇跡《きせき》みたいだ。

顔をあげて、白く帽子《ぼうし》をかぶった山なみをながめた。

門をくぐり、大きい屋根の下に入ると、てぬぐいをかぶった女の人に出むかえられた。

「はたはた屋にようこそー」

「よぐおざったんしなー」

玄関《げんかん》で靴《くつ》をぬぎ、黒く光ったろうかを歩いた。

天井《てんじょう》は高く、太い横木がはりめぐらされている。ぜんたいにうす暗く、ランプのかたちの電灯が黄色っぽい光をなげかけている。

秋田の民家を移築《いちく》したのだとせつめいされ、みんなは大きな柱をこつこつとたたく。

「歴史《れきし》の重さをかんじるなあ」

「たしかに、この屋根は重いだろうなあ」

ろうかの片《かた》がわには個室《こしつ》があるようで、いくつかのふすまがつづいていた。

あんないされたのは、畳《たたみ》のしかれた大きな広間だった。

八木《やぎ》先生は公民館とは別のところでも教室をひらいているので、すわっている人の数は想像《そうぞう》よりずっと多かった。

もうテーブルには料理がならべてあり、小さな鍋が火にかけられてちろちろともえている。

遠い席の八木先生にちょっと頭をさげてから、すみっこの席に三人でかたまってすわった。

係の女の人が、メニューをもってのみものをききに来た。

すぐにコーラと答えた小太郎《こたろう》とちがって、あたしとアキトはなかなかきめられずにメニューをにらんでいた。こんなおとなの席への参加がはじめてだったのできんちょうしていた。

小太郎は、係のおねえさんにさっそくあいきょうをふりまいた。

「この子、秋田にいたんです。ちょっと前に転校してきたんです」

「あい、やー、たまげだべ！　秋田でとれたわらしかぁ。おらと同じ秋田産かぁ」

ところがアキトのほうはそれには答えず、にゅっとメニューをさし出す。

「梅ソーダ、おねがいします」

あわててあたしも写真を見た。緑色でシュワシュワしている梅ソーダはたしかにおいしそうだ。

「あたしもそれがいい」

おねえさんに伝えると、「まんず、まんず」とにっこりする。

おねえさんは「秋田のわらし、めんけーなー」とあやしいことばをのこしてもどっていった。

「めんけー、ってなに？」

とアキトにたずねたら知らん顔をされ、かわりにそばできいていたおばさんが教えてくれた。

「めんこいって、かわいいっていういみよ」

ふうんとうなずくと、「おかあさんがきっと秋田美人なんでしょう？」とアキトに話しかけてきた。

するとアキトは顔色も変えずにいった。

「そういう見た目の話題は、さいきんではアウトです」

あたしは青くなったけれど、さいわいおばさんは「そうよね。ダメよね」と大笑いをしてくれたのでほっと胸をなでおろした。

そのうちにだれかのあいさつがはじまり、かんぱいをした。

おとなの人たちはビールなどのお酒を、小太郎はコーラ、あたしとアキトは梅ソーダを上にかかげ、八木先生におめでとうをいった。

梅ソーダにはシロップづけのかわいい小梅が入っていて、きれいであまくておいしかった。

そのあと小太郎も八木先生によばれて、前の席のほうにうつっていった。

おなかのすいていたあたしはがつがつ食べた。

食べ物はおいしかったし、みんながやさしくしてくれた。来る前は気がすすまなかったけれど、やっぱり来てよかった。そうアキトにいうと「んだな」とうなずききりたんぽをほおばった。

だいぶおなかがいっぱいになったころ、のみもののおかわりがおぼんにのせられてまわってきた。

あたしとアキトは二杯目の梅ソーダを手にとった。

さっきのよりも梅の実がだいぶ大きいみたいだ。

気のせいかな？　とコップをながめている時、いきなり、ろうかのほうから太鼓《たいこ》の音がひびいてきた。

みんながどよめいた。
何かのあいず?

18

なんだろうとそちらに目をやると、大きな足音がきこえ、「うおー」といううなり声がひびき、がらりとふすまがあいた。

二匹《ひき》のなまはげがろうかに立っていた。

赤い顔のなまはげは目玉をむき出し、口からは二本のキバをとび出させている。黒いざんばらの髪《かみ》をふりみだしてこちらをギロリとにらみつける。

青いほうは茶色い髪の中から長いツノを生やし、腰《こし》に太いナワをまき、手にした紙製《かみせい》のほうちょうを見せつけた。

二匹はろうかでおすもうさんのようにしこをふんで、何かどなると、部屋の中にいきおいよくとびこんできた。すごい迫力《はくりょく》だった。

きゃあきゃあと声をあげてさけぶ人がいる一方で、手をたたいて笑う人、装束《しょうぞく》からおちた藁《わら》をひろい集めてよろこんでいる人もいる。

あたしは、かたまった。

なまはげはどすんどすんと足をふみならし、八木《やぎ》先生のいる席に大またでむかった。

「悪い子はいねがー」

八木先生の横には小太郎《こたろう》がいる。なまはげたちは小太郎めがけておそいかかる。

「勉強をしてるがー」

「友だちと仲よくしてるがー」

とどろくような大声だ。

あたしはちぢみあがり、ひめいをあげないように口を両手でふさいだ。

小太郎になすすべはない。

八木先生は芝居《しばい》がかったようすで、「この子は良い子です。うちの教室の生徒はみんな良い子です」となまはげから小太郎を守り、小太郎もしっかり八木先生にしがみついている。

なまはげは両手をふりあげる。

「ウソをついちゃなんねーぞ」

「じいさまのいうことときかねえと、つれていくぞー」

みんなには大ウケのようだけれど、あたしはすでに泣きそうだ。

「泣く子はいねがー」

と、なまはげの一匹がこちらのほうをねめまわした。

必死で目をそらした。

泣いたらいけない。泣く子は山につれ去られてしまう。小さいころのおそろしさがよみがえってくる。

なまはげたちは席をのしのし移動《いどう》していく。

そして、みんなに勝手に名まえをつけてはどなる。

「みちこー、なまけてないがー」

「たかしー、嫁《よめ》さ泣かしてないがー」

子どもは少ないから、あたしたちがえじきにされるのはまちがいない。

そうなったら泣かない自信はまったくない。

「うおーっ」

「悪い子はいねがー」

あたしは梅ソーダのコップをつかんで、ぐびっとのんでからアキトにいった。

「逃げよう」

アキトはとまどっていたけれど、「わかった」とあたしのまねをして梅ソーダをぐいっとあおり、わきに置いていたパーカーをつかんだ。

そのとたん、ケホケホとのどをおさえた。

せきこむアキトの背中《せなか》に手をやった。前に同じことがあったのを思い出した。あのときは手をひっこめてしまったけれど。

はじめてふれた背中は薄《うす》っぺらい。こつこつと連《つら》なる小さい背骨《せぼね》を、セーターの上からなでてやった。

ありがとう、とあたしを見た顔はうっすら赤くなっていた。

それから、ふたりで頭を低くして、人のうしろを這《は》うようにして移動した。気づいた人もいたけれど、笑いながら場所をあけてくれた。

こそこそとふすまをあけ、ろうかにのがれた。

なまはげたちが追ってきそうでドキドキした。

ろうかではかくれる場所もない。だいいち、ろうかはなまはげが行き来する通り道だ。イベントを終えていなくなるまでの少しのあいだ、どこかで身をかくしてやりすごすしかない。

ろうかのはしっこをすすんだ。片《かた》がわにならぶ個室《こしつ》からは人の話し声や食器のふれあう音がふすまごしにきこえてくる。

貸《か》しきりだときいていたのは大広間だけのことで、他の部屋にはお客さんが入っているようだ。

少し離《はな》れたところに、ふすまとはちがう黒い板の戸があった。

そこからは、物音も人の声もきこえてこない。

戸はぶあつくてぴたりとしまらないのか、わずかなすきまがあいている。そのすきまから中をこっそりのぞいて見た。

テーブルの上には何もなく、部屋のすみにはざぶとんがつみあげられている。

だれも使っていない部屋のようだ。

まだ足音はきこえない、今のうちにとばかり、そこにすべりこんだ。

すばやく板戸をしめ、息をひそめてうずくまった。

じっと外の音に耳をすませた。夢中《むちゅう》で逃げてきたけれど、今になって不安になった。

あたしはアキトにむかってささやいた。

「ここにいたらだいじょうぶだよね」

自分にもいいきかせる。

「あたしたちがいないって気づかれたって平気だよね。なまはげが探《さが》しにこないよね。トイレに行ったとおもうよね」

アキトが眉《まゆ》をひそめる。

「ふたりでいっしょにトイレ？」

「そう、いっしょに」

「つれ立って？」

「そう、つれ立って」

アキトは少しかんがえたあと、

「たしかに、仲のいい女子たちはみんなそうするな」

とうれしそうに笑った。

今まで、そんなことはしなかったのだろうか。ずっとひとりで行動していたのだろうか。

あたしはおもわずアキトにいってやりたくなった。あたしはいっしょにいるよ、これからもずっといっしょにいるよ。

でも口には出せそうもない。かわりにだまって身をよせた。

ふたりでじっとくっつきあった。

ゴトン、と外から物音がきこえて、びくりとした。

アキトが落ちつかせるようにいう。

「だいじょうぶ。どこかのふすまをしめた音だ」

あんまりおくびょうなのもはずかしい。あたしは半笑いでちょっと強気にいってみせた。

「なまはげって、おどかすだけだもんね。ホントはたいしたことないもんね」

「おどすだけじゃない。この子は悪い子じゃないと、信じてくれる人がいる。なまはげから守ってくれる人がちゃんといる。それに気づかせてくれる行事でもある」

「そうなの？」

そうか。だから八木先生はおおげさなほど小太郎を守ってみせたのか。

あたしが前になまはげに会った時はパパにしがみついた。でもパパがちゃんとあたしを良い子だと宣言《せんげん》してくれたかどうかはおぼえがない。

あのときにしがみついた相手がばあばだったら、ぜったいに守ってくれたとおもう。ばあばなら、うちの孫に手を出すなと、なまはげをやっつけてくれたかもしれない。ばあばにかぎらず、世のおばあさんたちはみんななまはげよりも強いような気がしてきた。

そしたらマメさんのことをふいに思い出した。

マメさんのことでは、まだわからないことがあったのだった。

「ねえ、マメさんっておぼえてる？」

「え？」

マメさんのおそうしきで、アキトは手紙を持ちこんで追いかけられ、あたしまで逃げるはめになったのだ。

「マメさんに手紙を書いたのはおぼえてる？　マメさんってアキトの知らない人だよね。なんで知らない人に手紙を書いたの？」

アキトはめんくらったような顔をした。

「なんで今さら？　……いや、あれはマメさんにあてたんじゃない。じっちゃにあてた。あやまりたかった。悪態《あくたい》をついてしまったことも、釣《つ》りに行かなかったことも。

じっちゃにあやまりたくて手紙を書いた」

それからアキトはあたしにうちあけた。「ぜったいに笑うな」とねんをおして。

「老人ホームのおばあさんが、あちらの世界の人にことづけがあるなら伝えるっていってくれた。だから頼《たの》みたかった。もうすぐ天国に行きそうな人に。だけどまだ生きている人にはむりだった。えんぎでもないって怒《おこ》られてしまった。だから手紙にした。もうなくなっている人に届けてもらえるよう、ひつぎに入れようとした」

それでマメさんに手紙をたくそうとしたのか。なるほどと納得《なっとく》しかけた。

ちょっとまて。

「もうすぐ天国に行きそうな人って」

アキトをにらみつけた。

「うちのばあばも？　だから年をきいたの？　もうすぐしぬ人かどうかを知りたくて？

はっ、ばっかみたい」

「はっ、ってなんだよ」

アキトがにらみかえす。

「笑うな、って、わたしはちゃんと美海《みみ》にいったよな」

ふん、とあたしは鼻をならした。

「笑ってないよ。あきれてるだけだよ」

「あきれるな」

「あきれるのはあたしの勝手でしょ。そこまでさしずされたくない」

「いつわたしが美海にさしずしましたか？　なん時なん分なん秒――」

「地球がなん回まわったかなんて知らないよ！」

気がつくと、いいたいことをいっていた。こんな子どもっぽいことばまで持ち出して。

それでわかった。今までも、あたしはアキトにだけは本音をいっていたことを。いったらきらわれるかどうかなんて迷《まよ》うこともなく、おもったままを口にできていたのだ。

アキトには悪いけれど。

でも悪いのはどっちもどっちだった。

こんなせっぱつまった状況《じょうきょう》の中で、アキトはまたとんちんかんなうんちくをかたむけはじめたのだから。

「その『地球がなん回まわったか』ってフレーズは、わたしたちの親が小学生だった時代から口伝えにうけつがれてきたもので、主に相手の思考停止《ていし》を目的として——」

アキトは自分の話したいことを話す。今の空気だとか、じまんにおもわれるだとか、相手にばかにされるなんてことはまるで気にしちゃいない。

まず大事にしなくちゃいけないのは自分だと知っているから。自分をころしてまで相手にあわせようなんて、アキトはぜったいにかんがえないのだ。

ずいぶんひどいことばだ、自分をころすなんて。

アキトがびくんとした。

「え？　ころす？　わたしを？」

思わず声に出してしまったらしい。

「いや、ちがう。アキトをころすなんていってないよ」

顔を見あわせて笑った。こんどは声をころして。

ばあばが教えてくれたっけ、脳《のう》のこわさを感じる部分と楽しさを感じる部分は重なっていて、こわさを楽しさとまちがえてしまうのかもしれないと。

あたしたちは、まちがえてしまっているのだろう。

それでもいい。

アキトは友だちになりたいといってくれた人。その人といっしょに笑える今だけは、まちがいなく、かけがえのない時間なのだ。

19

暖房《だんぼう》がききすぎているのか、あつくなってきた。

ほほに手をあてると、熱があるみたいにぽっぽっとしている。

冷たい空気にあたりたい。

窓《まど》はないものかと、うす暗い部屋の中を見まわした。

ろうかと反対がわに、ぼおっと白い線が見えた。

目をこらすと外への出入り口らしく、外の弱いひざしが細くさしこんでいるのがわかった。

かべを伝ってそこまで行った。

ひらき戸があり、むこうがわに押《お》してみるとぎしぎしと音をたて、少しだけひらいた。

冷気が部屋に入り、ほほにあたってきもちがいい。

のぞきこむと、植木と石灯籠《いしどうろう》のある庭が見えた。足もとの平たい石の上にサンダルが二足そろえて置いてある。

ろうかがわにいるアキトをふりかえって、声をかけた。

「庭があるよ」

いったとたん、アキトが「しっ」と、くちびるの前にゆびをたてた。

あたしはこわくなり、いそいでもとの場所にもどった。

板戸に耳をあててみた。

ろうかのほうから音がきこえた。

どこかのふすまをあける音。なまはげの発するうなり声。お客さんのさわぎ声。

なまはげたちは八木《やぎ》先生の大広間を出たあとに、個室《こしつ》をまわっているようだ。

「やばいよ、ここに来るかもしれないよ、どうしよう」

「ここはお客さんのいる部屋じゃないから、きっと来ない」

「うん、そうだよね」

それからは何もしゃべらず、じっと身をひそめていた。

ふすまをあけしめする音やひめいが、だんだんはっきりときこえてくる。

なまはげは、もうそこにせまっている。

「近くなってる」

心臓《しんぞう》がバクバクしてきた。

ろうかの足音が大きくなる。

おねがい、通りすぎて。胸《むね》の前で手を合わせた。

部屋の前で足音がぴたりと止まった。

戸をへだてたむこうがわに、なまはげたちの気配がする。

しばらく音がとだえた。

行ってしまったのかもしれない。

アキトが戸のすきまに目を押しあてた。あたしもおそるおそる、すきまの下のほうからろうかをのぞいた。

藁《わら》ぐつをはいた大きな足が見え、足の先はこちらにむけられていた。見たとたんに「きゃっ」とバッタみたいに跳《は》ねて、あたしは部屋の反対がわまでいちもくさんにとんでいった。

どしんどしんと、しこがふまれ、がらがらと板戸があけられた。

入り口に二匹《ひき》のなまはげが立っていた。

毒々《どくどく》しい赤と青の鬼面《きめん》がうかび、手にしたほうちょうがぎらりと光る。

うなり声がとどろいた。

アキトもあたしの横に逃げて来た。

あたしは庭につづくひらき戸を体あたりで押した。バンと戸はひらき、冷たい風が部屋の中に入ってきた。

アキトの手をとり、サンダルに足をつっこみ、夢中《むちゅう》で庭におりた。じゃり道をふみ、アキトをひっぱってふみ石をとんでわたった。

生《い》け垣《がき》につきあたると、竹で編《あ》んだとびらが見えた。

まよいもせずに、そのとびらを押しあけ、かけ出したところで足が止まった。

息をのんだ。

外はいつのまにか夜になっていた。

そこにあるのは、夜の雪の町だった。

20

どこだろう。
正面に一本の道がまっすぐにのび、両わきに家々がならんでいる。
一面に白い雪がつもっていた。
雪にすいとられてしまったように、あたりはしーんとしている。
空にうかぶ月が雪景色をてらし、遠くに黒い山の影《かげ》が連なっている。
ふと気づくと、アキトのすがたがない。
道のまんなかで、あたしはひとりで立っていた。
とつぜん、ひゅうと笛のなるような風の音が、空の高い場所からきこえた。
それからごおっと強い風がふきつけてきた。
屋根の雪や、地面につもった雪が足もとから舞《ま》いあがった。

下から上にふきあげる風で、たつまきのような小さなふぶきが起こった。

まっ白いカーテンをまきつけられたみたいに、しばらくのあいだは白い色のほかには何も見えず、息もできないくらいになった。

あたしは両手で胸をだくようにして、じっとしているしかなかった。

どのくらいたっただろう。

やがて少しずつ風はおさまり、雪はしずまっていった。

ミルクを水でうすめるように、あたりの景色がだんだんに透《す》けて見えてきた。

道の先に、人のすがたを見つけた。

アキトだ。

よびかけようとした。すると、その前にもうひとつの人影があるのに気づいた。

アキトの正面に立っているのは、藁《わら》の装束《しょうぞく》を身につけた人、なまはげのすがたをした人だった。

雪をかぶっているせいか、ぜんたいが白くてぼんやりしていた。

よく見ると顔につけたお面も白く、髪《かみ》の毛《け》もまっ白だ。あたりの雪の色にとけこんで、りんかくもはっきりしない。まるでけむりをまとっているみたいで、足もとの雪はそこだけ小さな渦をまいている。

アキトのふるえる声がきこえてきた。

じっちゃ、ときこえた。

あたしは声をかけるのもわすれ、立ちすくんでいた。

じっちゃ、ごめん。

あたりは何の音もないせいか、離《はな》れているはずなのに、すぐそばにいるみたいにききとれた。

白い人影がゆっくりと、アキトのほうに手をのばした。

アキトはぶつかっていくみたいに、正面からとびついた。

白い影は身をかがめ、アキトの細い背中《せなか》が見えなくなるほどにかかえこんだ。

アキトの泣き声が耳にとどく。

じっちゃ、ひどいこといってごめん。釣《つ》りに行かなくてごめん。

藁の装束《しょうぞく》にうまっているので、ほかのことばはくぐもってききとれない。

低い声が答えた。

——なんも。なんも。

このことばならあたしにもわかる。なんでもない、だいじょうぶ、そういってくれているのだ。

アキトはますます泣きじゃくる。

白い人影は、アキトの頭から肩《かた》から、いかにも大事そうになでさすった。

——おめは、えぇ子だ。

やさしい声だった。

雪の冷たさをとかすような、あたたかい声だった。

アキトが話してくれたのを思い出した。

さいごの駅で別れぎわ。

電車のドアのむこうがわでじっちゃがいったこと、ききとれなかったのは、この声だったのかもしれない。

あやまろうとしているアキトに気づき、じっちゃが伝えようとしたのはこのことばだったのかもしれない。

雪のつもったあたり一面、あかりを埋《う》めたようにぼんやりと光る。

ガラスのような氷のつぶが、ところどころで青くきらめいていた。

やがて、白い人はそおっとアキトから手を離した。

それから、ゆっくりと背をむけた。

アキトは凍《こお》ったように立っていた。

白い影は遠ざかっていく。

アキトが追おうとした。

雪に足をとられてよろめき、前のめりになる。

あたしは雪をけたてそばにかけより、アキトをつかまえた。

アキトの手はこごえて、氷のように冷たくなっている。

ぬくめてやりたかった。両手でつつんで、息をふきかけて、あっためてやりたかった。

アキトはまばたきもしないで前を見つめている。髪にもまつげにも、雪のかけらがつもっていた。

白い影が小さくなっていく。

じっちゃ、とアキトはもう一度つぶやいた。

すると、遠ざかっていく影は立ち止まった。

そしてこちらに向かって手をふった。

アキトも手をふりかえした。

だんだんに影はうすれて、やがてすっかり見えなくなってしまった。

あたしの手を、アキトがにぎりかえしてきた。

つないだところは、少しだけぬくもってきた。

また雪がふってきた。

大きくて軽い、花のような雪が空からほとほとと落ちてくる。空も家々も水玉模様《もよう》になっていく。

目の前がまたまっ白になっていった。


白かった世界に色がもどり、視界《しかい》がだんだんとはっきりしてきた。

あたしは畳《たたみ》のしかれた部屋でねかされていた。

心配そうにこっちを見ているばあばがいた。

あわてて起き上がったら、おでこにのせられていたタオルがぽとりと落ちた。

いったいどうしたのだろう、アキトはどこにいるのだろう。

それがきこえたみたいにばあばがいった。

「アキトちゃんは、家の人といっしょにさっき帰っていったよ」

ばあばはせつめいしてくれた。アキトとあたしが、まちがえてお酒をのんでしまったこと。梅ソーダのつもりで二杯《はい》目にとったのは梅酒ソーダだったらしい。

どうりでみょうにほほが熱かったはずだ。

アキトの顔が赤かったのもそのせいだったのだろう。

のんだのは少しの量だったようで、せいぜい眠《ねむ》くなったくらいですんだのは幸いだった。ばあばはほっとしたようにそういった。

「ふたりで庭に出ちゃったのはおぼえてる？　なまはげ役の人たちがつれもどしてくれたのは？　お店の人にさんざんあやまられたのはわかってる？」

答えようとしたら、頭にずきんといたみが走った。

「美海はおぼえてないわよね、ふたりでよっぱらっちゃったんだから」

梅酒をのんでしまったのはお店の人のせいじゃない。まちがえた自分が悪かったのだ。そういおうと頭を横にふったら、くらりと目が回った。

あたしは頭をかかえこんだ。

まだじっとしてなさい、ばあばの声も、きん、とひびく。

こめかみをおさえながら、あたしはきれぎれにいった。

「アキトは、だいじょうぶ。アキトちゃんは元気だったよ。すごくいい子だね」

「だいじょうぶ。だいじょうぶ、だった？」

あのまぼろしの景色を、アキトも見たのだろうか。

アキトもあの雪の町に行ったのだろうか。

それとも、あそこがアキトの願った世界で、あたしがいっしょにつれていかれたのだろうか。

わからない。

頭の中に雪がつもっているみたい、じーんとしびれたようで、あまりかんがえられなかった。

それでも、なぜか胸だけは今もあたたかい。

よかったね。

ちゃんとごめんっていえて、よかったね。

頭をなでてもらえて、だきしめてもらえて、よかったね。
大好きなじっちゃに、もう一度だけ会えて、よかったね。
そおっと顔をあげ、ガラス窓《まど》のむこうをながめた。
窓の外に雪はなく、夕暮《ゆうぐ》れが広がっているだけだ。
夕暮れは、遠い白い山のいただきをうす桃色《ももいろ》にそめている。
山なみは連なり、はるか北のどこかにある、あの場所までつづいている気がした。

〔参考文献〕
『男鹿のなまはげ』　絵／金子義償　文／土井敏秀

安東《あんどう》みきえ
1953年、山梨県生まれ。「ふゆのひだまり」で第11回小さな童話大賞（毎日新聞社主催）、「いただきます」で同選者賞今江祥智賞、『天のシーソー』で第11回椋鳩十児童文学賞、『満月の娘たち』で第56回野間児童文芸賞を受賞。『夜叉神川』が第62回日本児童文学者協会賞を受賞し、2024年IBBYオナーリストに選ばれる。その他、『夕暮れのマグノリア』『頭のうちどころが悪かった熊の話』など著書多数。

ワルイコいねが

2024年11月26日　第1刷発行

著者――――――安東《あんどう》みきえ
画――――――佐藤野々子
装丁――――――岡本歌織 (next door design)
発行者――――――安永尚人
発行所――――――株式会社講談社
〒112-8001
東京都文京区音羽2-12-21
電話　編集　03-5395-3535
販売　03-5395-3625
業務　03-5395-3615

KODANSHA

印刷所――――――株式会社新藤慶昌堂
製本所――――――株式会社若林製本工場
本文データ制作――講談社デジタル製作

N.D.C. 913　188p　20cm　ISBN978-4-06-536020-0

本書は書き下ろしです。

野間児童文芸賞受賞

『満月の娘たち』

安東みきえ

一、四〇〇円　講談社

まるで神話のようだ。
新しい時代の母娘の。
——梨木香歩氏

どこにでもいる標準的見た目の中学生の私と、オカルトマニアで女子力の高い美月ちゃんは保育園からの幼なじみでママ同士も友だちだ。

ある日、美月ちゃんの頼みでクラスで人気の男子、日比野を誘い３人で近所の幽霊屋敷へ肝だめしに行ったのだが……。

『夜《や》叉《しゃ》神《じん》川《がわ》』

安東みきえ

日本児童文学者協会賞受賞
ＪＢＢＹ賞受賞

一、四〇〇円　講談社

「魂という漢字に鬼の字が入るのは、もともと人の心に鬼が棲んでいるからだと。」

全ての人間の心の中にある恐ろしい夜叉と優しい神、その恐怖と祝福とを描く短編集。
「川釣り」「青い金魚鉢」「鬼が守神社」「スノードロップ」「果ての浜」
夜叉神川の上流から下流へ、そして海へと続く全五話を収録。